BLEACH
Can't Fear Your Own World I

contents

檜佐木修兵《ひさぎしゅうへい》

九番隊副隊長。瀞霊廷通信編集長。
趣味は現世のギターとバイク。

伊勢七緒《いせななお》

一番隊副隊長。八番隊時代から常に京楽の副官として付き従う女性。

京楽春水《きょうらくしゅんすい》

山本元柳斎《やまもとげんりゅうさい》の跡を継ぎ護廷十三隊総隊長となった。浮竹《うきたけ》とは真央霊術院《しんおうれいじゅついん》時代からの親友。

二枚屋王悦《にまいやおうえつ》

王属特務・零番隊の一人。尸魂界の全ての刀の所在を知るという。

兵主部一兵衛《ひょうすべいちべえ》

王属特務・零番隊の一人。尸魂界《ソウル・ソサエティ》のあらゆる事柄に名をつけた。

ネリエル・トゥ・オーデルシュヴァンク

破面。ある出来事により記憶と力を無くした。黒《くろ》崎一《さきいち》護《ご》と出会いすべてを取り戻す。

ティア・ハリベル

破面《アランカル》。第3十刃《トレス・エスパーダ》。藍染《あいぜん》が去った虚圏《ウェコムンド》を治めていた。

MAIN CHARACTERS

藍《あい》染《ぜん》惣《そう》右《う》介《すけ》

元五番隊隊長。尸魂界を裏切り護廷十三隊と死闘を繰り広げる。現在は無間に収監されている。

グリムジョー・ジャガージャック

破面。十刃として黒崎一護と戦うが敗北、彼に執着し、決着をつけることを望んでいる。

銀《ぎん》城《じょう》空《くう》吾《ご》

完現術者《フルブリンガー》、初代死神代行。『XCUTION《エクスキューション》』を率い一護たちと戦うが敗死。

東《とう》仙《せん》 要《かなめ》

元九番隊隊長。親友を死神に殺された過去から尸魂界を裏切り藍染の側についた。

沓《くつ》澤《ざわ》ギリコ

完現術者。『XCUTION』の一員。時間に関する制約を操る。

月《つき》島《しま》秀《しゅう》九《く》郎《ろう》

完現術者。『XCUTION』の一員。過去を改変する力を使い、一護を苦しめた。

志《し》波《ば》岩鷲《ガンジュ》

空鶴の弟。イノシシを乗りこなす。昔は死神嫌いだったが、一護たちとともに戦ってきた。

志《し》波《ば》空《くう》鶴《かく》

流魂街《ルコンがい》に住む花火師。岩鷲の姉であり、独自の霊術を使い一護たちをサポートしてきた。

雪緒《ゆきお》・ハンス・フォラルルベルナ

完現術者。『XCUTION』の一員。父から莫大な資産を奪い、巨大企業を経営している。

六車拳西《むぐるまけんせい》

九番隊隊長。藍染の計略により虚《ホロウ》化。『仮面の軍勢《ヴァイザード》』の一員として藍染と戦った後、現職に復帰した。

斑目志乃《まだらめしの》

十三番隊所属。竜ノ介と同じく空座町に赴任した死神。斑目《まだらめ》一角《いっかく》の血縁。

行木竜ノ介《ゆきりゅうのすけ》

十三番隊所属。車谷善之《くるまだにぜんの》助《すけ》の任を継ぎ、空座町《からくらちょう》に赴任した。

浅野啓吾《あさのけいご》

一護の級友で、女の子が大好きなムードメーカー。水色とつるんでいることが多い。

山田花太郎《やまだはなたろう》

四番隊三席。ルキアを救うため尸魂界に侵入した一護を助ける。回復系の鬼道の達人。

ルドボーン・チェルート

破面。葬討部隊《エクセキアス》の隊長であり、藍染に篤い忠誠を誓う。

小島水色《こじまみずいろ》

一護の級友。年上の女性にもてる。藍染に狙われた際は冷静に迎撃を敢行している。

メノリ・マリア

破面。ロリとともに行動することが多く、虚圏《ウェコムンド》に侵入した滅却師《クインシー》とも一緒に戦った。

ロリ・アイヴァーン

破面。藍染のそばに仕えていた。捕らえられていた井上織姫《いのうえおりひめ》に危害を加えていた。

ジゼル・ジュエル

滅却師。通称ジジ。自身の血液を浴びたものをゾンビにしてしまう。女性に見えるが……。

リルトット・ランパード

滅却師。美少女然とした容姿だが毒舌。聖別《アウスヴェーレン》を生き延びユーハバッハと交戦するも敗北した。

バンビエッタ・バスターバイン

滅却師。星十字騎士団《シュテルンリッター》の一員として狛村《こまむら》と戦うも敗北。ジジにゾンビ化された。

綱《つな》彌《や》代《しろ》時《とき》灘《なだ》

四大貴族の一角、綱彌代家の出身。

彦《ひこ》禰《ね》

時灘に従う、美しいが男にも女にも見える子供。

黒《くろ》崎《さき》一《いち》護《ご》

本編の主人公。

BLEACH

Can't Fear Your Own World I

kubo tite
narita ryohgo

JUMP j BOOKS

『干戈《かんか》を交《まじ》うるに美学を求むべからず。
不帰《ふき》に美徳を求むべからず。
己《おのれ》一人の命と思ふことなかれ。
壱王伍公《いちおうごこう》を護《まも》りまほしくば、敵尽《ことごと》く葉陰《はかげ》より屠《ほふ》るべし』
――真央霊術院《しんおうれいじゅついん》 教本 死神心得大鑑《こころえたいかん》 旧版より抜粋

『戦いに美学を求めるな。
死に美徳を求めるな。
己一人の命と思うな。
護るべきものを護りたければ、倒すべき敵は背中から斬《き》れ』
――真央霊術院教本 死神心得大鑑 最新版より抜粋

序章　壱

一つの、戦《いくさ》があった。


死を司《つかさど》る神と称する者達と、悪《あ》しき魂《たましい》を滅却《めつきやく》してきた者達との大戦《おおいくさ》。

千年に亘《わた》る確執《かくしつ》の果てに、互いの『王』が失われるという形で争乱は終息した。

死神と滅却師《クインシー》の関係性は、この多大なる喪失《そうしつ》を契機《けいき》として新しい時代を迎える事となる。

双方の王を斬《き》ったのは同一人物であり、死神でも滅却師《クインシー》でもない存在だったというが、その事実を知るのは極《ごく》一部だ。

尸魂界《ソウル・ソサエティ》に侵攻してきた賊軍、『見えざる帝国《ヴァンデンライヒ》』の首魁《しゆかい》を、護廷十三隊《ごていじゆうさんたい》の客人である死神代行の少年が討《う》ち取った——その一部分の情報だけが、『護廷十三隊、霊王宮《れいおうきゆう》を防衛せり』という布告《ふこく》と共に尸魂界《ソウル・ソサエティ》中に広まって行く。


つまりは、尸魂界《ソウル・ソサエティ》の根幹たる『霊王』そのものの死は、混乱を抑《おさ》えるという目的で恒久《こうきゆう》的に伏《ふ》せられる事となった。

一般隊士を始めとする尸　魂　界《ソウル・ソサエティ》の住人達は、その多くが今も霊王宮に霊王が鎮座《ちんざ》しているといると信じている。

事実を知るのは、隊長格や上位席官《せきかん》といった一部の死神達、あるいは瀞霊廷《せいれいてい》の要職に就《つ》く者達に限られており、彼らも敢《あ》えてその真実を曝《さら》け出《だ》して人々の安堵《あんど》を覆《くつがえ》そうとはしなかった。

これから、破壊しつくされた瀞霊廷の復興が始まる。

人々の心の支えを奪う事を良しとしなかった上層部の判断が果たして正しかったのか否《いな》か——それは、十年、百年先の歴史が判断する事となるだろう。

そうした形の結末を迎え、後に『霊王護神大戦《れいおうごしんたいせん》』と呼ばれる事となる一連の争乱。

時は、その戦争が終結した直後にまで遡《さかのぼ》る。

≡

霊王宮本殿《ほんでん》　霊王大内裏《だいだいり》

かつて霊王が鎮座していた場所で、霊王宮の神兵《しんぺい》達がせわしなく動き回っている。

その中央にある『モノ』を、零番隊《ゼロばんたい》の一員である真名呼和尚《まなこおしょう》――兵主部一兵衛《ひょうすべいちべえ》が、己《おのれ》の黒々とした髭《ひげ》を撫《な》でながら無言で見つめていた。

すると、その背後から飄々《ひょうひょう》とした調子の声が掛けられる。

「いやぁ……それが新しい霊王様かい、和尚」

和尚が振り返ると、そこには右目に眼帯をした男――京楽春水《きょうらくしゅんすい》が立っていた。

「おう、もう動けるようになったか？　うむうむ、護廷十三隊の総隊長たるもの、そうでなくてはいかん」

快活な笑《え》みと共に言葉を返す和尚。

彼は京楽の視線が自分ではなく、神兵達が作業している空間の中心に向けられている事を確認しながら、相手の問いに答えた。

「おんしならもう分かっておろう。霊王様に新しいも古いもない。わしらが霊王様と呼《よ》び奉《たてまつ》るものがここに在《あ》り続ける事に意味があるんじゃ」

「名には全《すべ》ての力が籠《こ》もっている……ってやつですか」

複雑な表情をしたまま、京楽は敬語に切り替えて言葉を続ける。

「……最悪の場合、一護《いちご》クンがその『名』の中に封じられていたわけですよね」

「そうならんで良かったろう?」

場合によっては一護が『霊王』と呼ばれる存在になる可能性もあったと、こともなげに告げる和尚。だが、その言葉に感情らしきものは含まれていない。

そして、ニカリと歯を見せて笑いながら黒崎《くろさき》一護について口にした。

「わしもあの坊主《ぼうず》の事は気に入っとる。話もできんようになるのは些《いささ》か寂《さび》しいでな」

「何よりですよ。これでボクも、一護クンの友達に恨《うら》まれずに済《す》んだ」

「ああ、通魂符《ソウル・チケット》を渡したんじゃったな。四十六室《しじゅうろくしつ》と貴族連中には黙っとくとしよう」

「……やだなあ、どこまでお見通しなんです、和尚」

霊王の座。それは決して良いものではないどころか、黒崎一護にとっては最悪の結末の一つだと京楽は考えていた。

視線の先にある『モノ』を見て、京楽はそれを改めて心に刻《きざ》みつける。

その最悪の事態に備《そな》えて、京楽は現世《げんせ》にいる黒崎一護の関係者達に通魂符《ソウル・チケット》と呼ばれる特殊な霊具を渡していた。

現世と尸魂界《ソウル・ソサエティ》を自由に行き来する事を可能とする符であり、以前尸魂界《ソウル・ソサエティ》に空座町《からくらちょう》の人間を生きたまま転送した技術を元に改良が進み、実用化に至《いた》った代物《しろもの》である。

京楽は静かに目を伏せ、黒崎一護の友人達に『力の種類によっては、現世に返すわけにはいかなくなる』という可能性の一つを告げに行った時の光景を心に浮かべた。

ふざけて話をしにきたわけではないと言った自分に対し、一番おどけていたにも拘《かか》わらず、深い怒《いか》りを湛《たた》えた瞳《ひとみ》で『……ふざけてないのに、そんなカンタンに別れがどうとか言うのかよ』と告げた少年。本気で一護の為《ため》に怒りを見せた彼とは対照的に、冷静な瞳のままで一護を強く信じ続けている黒髪の少年、そして、自分よりも一護の家族の事を気遣《きづか》いつつ、一護の身を案じて深い憂《うれ》いを抱《いだ》いていた少女。

——茶渡《さど》クンといい織姫《おりひめ》ちゃんといい、一護クンは友達に恵まれてるねえ。

——いや、一護クンだからこそ、あの子達を惹《ひ》き付《つ》けたのか……。

現世の少年達の事を考え、京楽はこの戦争を終わらせた立役者《たてやくしゃ》である黒崎一護の無事に安堵し、薄く目を開きながら和尚に対して告げた。

「なにより、一護クンが和尚達に斬られなくて良かった」

さらりと奇妙な言葉を口にする京楽。

和尚はそれを否定も肯定《こうてい》もせず、己の禿頭《とくとう》をペチペチと叩《たた》きながら快活に笑った。

「わしはユーハバッハではないからな。未来を見通すなどできんという事じゃ。……いやあ、本来ならば、黒崎一護は奴《やつ》には勝てん、寧《むし》ろ負けてもらわねばならんかったんじゃがのう」

「和尚……」

「じゃが、坊主にとっては幸運な事に、ユーハバッハは完全に霊王の力を手に入れよったからな。それ故《ゆえ》に、黒崎一護が勝ったにも拘わらず、尸魂界《ソウル・ソサエティ》はこうして崩壊《ほうかい》を免《まぬが》れておる」

そう言いながら、大内裏の中央に置かれた『モノ』に対し、パン、と手を合わせる和尚。

透《す》き通《とお》るような柏手《かしわで》の音と共に目を閉じる和尚の背後で、京楽は更《さら》に問おうとした。

「和尚、それは霊王の御意志ですか？」

「ふむ……」

「それとも……五大貴族の始祖《しそ》達の『遺志』なのかい？」

言葉尻《ことばじり》から敬語が消えた京楽に、和尚は飄々と答える。

「これこれ、始祖の御歴々《おれきれき》には敬意を払わんか。敵意が隠しきれておらんぞ。朽木白哉《くちきびゃくや》や四楓院夜一《しほういんよるいち》の事もそんな目で見とるのか？」

「彼らに思う所はないよ。護廷十三隊の同志であり、ボクの大事な友人達さ」

苦笑しながら首を振り、京楽は口調を崩したまま言葉を続けた。

「先祖の行動は彼らとは関係無いけれど、逆に、彼らが先祖の罪を無かった事にするわけでもない。そうだろ、和尚？」

「そうは言うがのう、そもそも五大貴族の始祖はもはや誰も残っては……」

和尚がそこまで口にした所で、鈍《にぶ》い爆発音が大内裏に響《ひび》き渡《わた》った。

「！」

京楽が音の方向に目を向けると、そちらから死神とは違う色濃い霊圧《れいあつ》が感じられる。

視線の先では、未《いま》だに『見えざる帝国《ヴァンデンライヒ》』の建築物と融合していた区画があり、その壁の一部が破壊されて白煙を上げていた。

そして、壁の奥から白煙よりも更に白い人影が数体現れる。

大内裏を警戒していた神兵達が一斉《いっせい》に刀を抜いて構えるが、和尚が彼らを声で制した。

「あー、かまわんかまわん。おんしらが勝てる相手ではないわい」

すると、既《すで》にこちらに跳躍《ちょうやく》していた白い影の一人が、毒気を抜かれたように舌打ちする。

「チッ……なんだよ。闘《や》るんじゃねえのかよ」

野生の獣《けもの》を思わせるその白い影——グリムジョー・ジャガージャックは、着地と同時に鋭い目つきで和尚と京楽を睨《にら》み付《つ》けた。

「だが、手前《てめえ》らが刀を収めた所で、俺が退《ひ》く理由なんざ……」

そのまま己の斬魄刀《ざんぱくとう》に手をかけるグリムジョーだったが、その後頭部に小さな虚弾《バラ》が叩

き付けられる。

「がッ……!?」

頭を殴《なぐ》られたような衝撃にグリムジョーが振り返ると、そこには彼と同時に尸魂界《ソウル・ソサエティ》にやってきた破面《アランカル》の女性、ネリエル・トゥ・オーデルシュヴァンクが立っており、虚弾《バラ》を撃ったと思《おぼ》しき左手をこちらに向けていた。

「ネリエル、てめえ……!」

「喧嘩《けんか》を売ってる場合？　滅却師《クインシー》の王が倒れた今、尸魂界《ソウル・ソサエティ》の最大の異物は私達よ」

「だからどうした？　ビビッてんなら、とっととその足手まといを連れて黒腔《ガルガンタ》にでも逃げこんでりゃいいだろうが」

足手まとい、とグリムジョーが呼んだのは、ネリエルの左肩を支えている一人の女破面《アランカル》だった。

ネリエルと同じ『Ｎｏ．３《トレス》』の称号を持つ十刃《エスパーダ》、ティア・ハリベルである。

ハリベルは『見えざる帝国《ヴァンデンライヒ》』が虚圏《ウエコムンド》を襲撃した際、真っ先にその戦いの矢面《やおもて》に立ったのだが――ユーハバッハの圧倒的な力によって無力化され、そのまま虚圏《ウエコムンド》制圧の証《あかし》として捕縛《ほばく》されてしまっていた。

霊王宮を改造する際に、ユーハバッハが自《みずか》らの居城《きょじょう》の牢獄《ろうごく》を組み込み、虜囚《りょしゅう》となっていた彼女もそれに合わせてこの空域にやってきた形となる。

破面《アランカル》達への見せしめか、あるいは彼女の事すら改造して滅却師《クインシー》の尖兵《せんぺい》とするつもりだったのか、ユーハバッハが亡《な》き今となっては彼女を囚《とら》え続けた目的は解《わか》らなくなってしまっていた。

ただ一つ確かなのは、彼女がまだ生きており、現在、黒崎一護達と共に訪れたネリエル達の手によって解放されたという事だけである。

ネリエルは事実上、虚圏《ウエコムンド》の新《あら》たな王であるハリベルを救出した形となるのだが、現在の状況には複雑な想《おも》いを抱いていた。

あれほどまでに霊王宮への到達を望んだ藍染《あいぜん》よりも先に、配下であった自分達がこの場に立っているという事実に戸惑《とまど》いを覚えつつ、ネリエルは死神達に敵意を向けているグリムジョーに告げる。

「滅却師《クインシー》達との戦いで疲弊《ひへい》した相手に喧嘩を売るの？　それが貴方《あなた》の満足する闘争？」

「……チッ。甘ったるい考えしやがって。大体、死神のこいつらが本当に俺らを見逃《みのが》すと思ってんのか？　帰り際《ぎわ》に後ろから斬り付けられるのは御免《ごめん》だぜ」

それに答えたのは、黒々とした髭を蓄《たくわ》えた、禿頭の好々爺《こうこうや》だった。

「おう、おんしらなら、いくらでも見逃してやるわい。なんなら虚圏《ウエコムンド》まで見送りをつけてやっても構《かま》わんぞ」

「……あぁ？　誰だ手前。随分《ずいぶん》軽く見てくれたもんだな」

手負《てお》いの自分達など脅威《きょうい》ですらない。

そう言われたものと受け取ったグリムジョーは、全身に殺気を漲《みなぎ》らせて禿頭の老人を睨み付ける。

だが、当の相手はその殺気をあっさりと受け流しつつ、淡々《たんたん》と答えた。

「逆じゃ、逆。なんせ、おんしらはそこいらの虚《ホロウ》より幾万幾億も色濃い禍《まがつ》ゆえ、浄化するにせよ消すにせよ、今の状況で迂闊《うかつ》にやればそれこそ三界《さんかい》の均衡《きんこう》が崩《くず》れるというものよ」

「…………」

グリムジョーはしばし沈黙したが、己の中で折り合いがついたのか、殺気を抑え込みながら舌打ちをする。

彼としては、こんな所で遊ぶよりも、一刻も早く黒崎一護との決着をつけたいのだろう。

ネリエルはそう推測し、いざという時は不意打ちで黙らせて虚圏《ウエコムンド》まで引《ひ》き摺《ず》って帰ろうと考えていたのだが――不意に、自分が肩を貸しているハリベルが口を開いた。

「……それが、お前達が『霊王』と呼ぶモノか」

独《ひと》り言《ごと》とも受け取れる、囁《ささや》くような言葉。

彼女の視線は、死神達の背後、宮殿の中央に鎮座しているモノに向けられていた。

「……そんなものが、尸魂界《ソウル・ソサエティ》の根幹《はらわた》だというのか……？」

「ふむ、破面《アランカル》の娘さんよ。やはりこういうのは許せんか？」

己の顎髭《あごひげ》を擦《さす》りながら問う禿頭の男の言葉に、ハリベルはゆっくりと首を振る。

「……今の私はただの敗残兵だ。何も言う資格はない。だが、かつて我らの王だった男が、其《そ》れを憎み続ける意味合いは理解した」

ハリベルはネリエルの肩から離れ、自分の足で死神達に背を向ける。

「迷惑をかけたな。……この借りは、いずれ返す」

「ああ、いいよいいよ。こっちとしちゃ、君らが虚圏《ウエコムンド》で大人《おとな》しくしていてくれれば充分さ。それに、礼ならボク達じゃなくて黒崎一護クンに言うべきだ」

京楽がそう言いながら破面《アランカル》達を送り出すと、彼女達はそのまま大内裏を去って行った。

男の破面《アランカル》は『ああ、そうだ……黒崎の野郎に借りを返さねえとな……』と、ハリベルとは違う意味での『借り』を口にしており、それを聞いた羊角の女破面《アランカル》が『満身創痍《そうい》の一護とケリを付けるのがあなたの望みなの？』と、先刻《さつき》と同じような物言いで窘《たしな》めているのが聞こえて来る。

「やれやれ、一護クンも本当に顔が広いねえ……。おや？」

そんな事を呟《つぶや》く京楽の横で、和尚もまた足を大内裏の外に向けていた。

「どこに行くんです、和尚」

「なに、零番隊の連中を、ちょいと起こしにな」

零番隊。

和尚を含めた五人で護廷十三隊全勢力と比肩《ひけん》しうると言われている、王属特務の親衛隊である。

それぞれのメンバーが、斬魄刀《ざんぱくとう》や死覇装《しはくしよう》など、現在の死神達にとっての基盤とも言える物を生み出して来た開拓者でもあり、正《まさ》しく死神の歴史を零から練《ね》り上《あ》げてきた偉人達と言えるだろう。

だが、京楽はここに来るまでの間に、和尚を除いた零番隊はユーハバッハとその配下達の手にかかって斃《たお》されたと聞いていた。

それを『起こす』と表現する言葉に内心で首を傾《かし》げた京楽だが、その答えはすぐに和尚の口から吐き出される。

「伊達《だて》に自らの血肉を王鍵《おうけん》と化しておるわけではないぞ？　皆に与えた零番離殿《ゼロばんりでん》を巡《めぐ》る霊脈と、零番隊各自の霊力はほぼ融合《ゆうごう》しておる。零番離殿全てが滅びぬ限り、わしが名を呼べば歩ける程度には回復するわい」

「それって、一護クンが勝ってなければ本当にまずかったんじゃないかい、和尚」

霊王宮は、ユーハバッハの手により一度『真世界城《ヴァールヴェルト》』へと塗《ぬ》り替《か》えられた。

ユーハバッハが健在であれば霊王宮の残滓《ざんし》もやがて消滅し、零番隊は文字通り和尚以外全滅という事になっていたかもしれない。

「なに、零番隊は簡単には死なんし、死なせて貰《もら》えん。そういう運命《さだめ》よ。まあ、何にせよ、王悦《おうえつ》達にはこれからもきっちり働いて貰わねばならん」

それこそ平時の京楽のように飄々とした調子で語る和尚は、そこで一旦《いったん》言葉を閉じ、顎髭を数度擦りながら霊王宮の空を見上げた。

「此度《こたび》の戦《いくさ》に乗じて、ちいとばかし悪さをした童《わらべ》もいるようじゃからな」

≡

半刻《はんとき》後　霊王宮　鳳凰殿《ほうおうでん》

「……Ｏｈ。こりゃ参ったＮｅ」

和尚の手によって、生死の境より辛《かろ》うじて帰還《きかん》した二《に》枚屋《まいや》王悦。

彼は鳳凰殿の地下の更に奥深く、普段は零番離殿に広がる海の底に存在する刀櫓《かたなやぐら》の中で大仰《おおぎょう》に頭を抱《かか》えていた。

彼の瞳に眼鏡《めがね》越しに映るのは、破壊された鉄扉《てつぴ》と、バラバラに斬られた注連縄《しめなわ》と布綱《ぬのづな》の残骸《ざんがい》である。

本来ならばそこには、とある斬魄刀が封印されている筈《はず》だった。

しかし、その封印は無惨《むざん》に破壊されており、当の斬魄刀は影も形も見当たらない。

その様子《ようす》を見て、王悦の横に立つ少女――二枚屋親衛隊の一人である斬魄刀、燧ヶ島《ひうちがしま》メラが大きな溜息《ためいき》を吐き出した。

「御館《おやかた》サマが暢気《のんき》にやられてる間にこの始末だよ。ったく」

この刀櫓は普段は海中深くにあるので辿《たど》り着《つ》く事も困難な場所なのだが、黒崎一護の斬魄刀を打った際に干上《ひあ》がった為、現在は海の底が広く露出している。

「緊急時とはいえ、悪い条件が重《かさ》なっちまったＮｅ」

王悦はそう言って、眼鏡の位置を直しながら周囲に目を向けた。

そこには何人もの男達が倒れており、砥ノ川時江《とのかわときえ》や鑿野《のみの》のの美《み》を始めとした王悦の親衛隊の面々によって修復を受けている。

倒れているのは、刀櫓の警護を担当していた者達だ。

「海が干上がってオープンドァ、ちゃんボクと鞘伏《さやふし》も出払ってたしＮｅェ」

そこで王悦は目を細める。

彼の目には、ユーハバッハ達と相対《あいたい》した時とは違う感情の色——静かな怒りが籠められていた。

「そして何より……尸魂界《ソウル・ソサエティ》のエマージェンに火事場泥棒やらかす下衆《げす》がいるとはＮａ」

人間形態へと変じた斬魄刀の中でも、比較的腕の立つ面々ではあるが、彼らの傷には奇妙な点が見受けられる。

火傷《やけど》を負った者や、身体《からだ》の一部が凍《こお》り付《つ》いている者、感電したかのように痙攣《けいれん》を続けている者、毒に侵《おか》されたと思《おぼ》しき者、身体中に穴を穿《うが》たれた者や、鈍器で四肢《しし》を叩《たた》き潰《つぶ》されたかのような者までいた。

斬魄刀ならではの特殊な『刀疵《かたなきず》』の数々に塗《まみ》れた守護者達を見て、メラが舌打ちをする。

「ったく、一体何人がかりだよ。そんな兵力があるなら戦争に回しゃいいのにさ」

すると、意識を取り戻した斬魄刀の一人が、メラの言葉に首を振った。

「違う……」

「おい、大丈夫なのか？　……違うって、何がだよ」

「一人だ……ここを襲撃したのは……たった一人だった……」

「……？」

相手の言葉に、メラはさらに首を傾げる。

彼の言葉が真実だとするならば、様々な種類の疵痕《きずあと》とつじつまが合わない。

だが、王悦は違う反応を見せた。

彼は色眼鏡《いろめがね》の奥で目を細め、得心がいったとばかりに両手を広げて大きく頷《うなず》く。

「アイシー、アイシー、ウェルウェルウェル。なるほど納得そういう事Ｎｅぇ」

「色んな意味で気持ち悪いから、一人で納得してんなよ御館サマ」

「しーキビだねぇメラちゃん。まあ、今のトークで大体犯人が絞れただけＳａ」

王悦は暫《しば》し考えこんだ後、特定の人物を思い浮かべながら床に散らばる封印布の一切れを拾い上げた。

そして、何かに食《く》い千切《ちぎ》られたように見えるその布地を見ながら独《ひと》りごちる。

「雑魚《ざこ》に握《にぎ》らす刀はねぇが……『巳己巴己巴《いこみきどもえ》』は、そもそも雑魚が握れる刀じゃねぇ」

消えた斬魄刀の名を呟きながら、王悦は刀匠《とうしょう》としての僅《わず》かな悲しみと怒り、そして多大なる疑念を込めた瞳で虚空《こくう》を睨む。

「なら、アイツを誰に握らせるつもりなんだろうNa？　……四大貴族様はYo」

≡

そして、戦争の終結と共に、霊王宮の結界《けっかい》は再び閉じられた。

戦の残滓を感じさせる凍《い》てついた空気と、以前と変わらぬ『霊王』の威光《いこう》。

更に、幾《いく》ばくかの災禍《さいか》の火種。

あるいは――

尸魂界《ソウル・ソサエティ》の黎明《れいめい》期より内包し続けた様々な『罪』を、色濃い霊子《れいし》の中に漂《ただよ》わせながら。

序章　弐

尸魂界《ソウル・ソサエティ》に、一人の男がいる。

かつて己《おのれ》の命を救った死神に憧《あこが》れ、自らも同じ道を目指《めざ》した男。

その男は、流魂街《ルコンがい》出身の平民でありながら真央霊術院《しんおうれいじゅついん》で優秀な成績を収め、席官を経《へ》て副隊長の地位にまで上《のぼ》り詰《つ》めた。

義《ぎ》に厚《あつ》く命令には忠実、仲間を救う為に負傷も厭《いと》わず、尸魂界《ソウル・ソサエティ》の為ならば己の命をも賭《と》す。

更《さら》に、敵対した者に対する非情さも持ち合わせ、正々堂々を好みながらも、大義《たいぎ》の為ならば自らが泥に潜《ひそ》み奇襲にて敵を屠《ほふ》り去《さ》る事ができる男だ。

死神。

彼は敵に死を与える者。

彼は世界の死を祓《はら》う者。

そして彼は、現世に住まう人々の『死』を『救い』へと変える者である。

まさしく、尸魂界《ソウル・ソサエティ》における死神の型版《テンプレート》とでも言うべき存在。

良くも悪くも、『護廷十三隊の死神らしさ』を体現したような男だった。

その死神の名は、檜佐木修兵《ひさぎしゅうへい》。

九番隊の副隊長という地位は尸魂界《ソウル・ソサエティ》の記録に名を残すに足《た》るものであり、一般隊士達とは明確に一線を画《かく》している強者《つわもの》だ。

しかしながら、尸魂界《ソウル・ソサエティ》の『記録』には残っても、山本元柳斎重國《やまもとげんりゅうさいしげくに》や更木《ざらき》剣八《けんぱち》、黒崎一護のような、万人の『記憶』に残る者達との間には明確な壁がある。

そのような面も含めて、周囲からは『副隊長らしい副隊長』と呼ばれていた。

褒《ほ》め言葉とも嘲《あざけ》りとも受け取れるその評価を、檜佐木修兵本人が知る事はない。

もっとも、知った所で彼が生き方を変える事はないだろう。

彼は既に、自分の生《い》き様《ざま》を選んでいるのだから。

死神に命を救われた時か。

真央霊術院に入学し、初めて斬魄刀を握《にぎ》り締《し》めた瞬間か。

演習で仲間を失った時か。

自ら手本とすべき生き様の男に出会い、その男に副官として身命を捧《ささ》げた時か。

あるいは――自らの手で、その男を斬った時か。

どの時点で彼が『死神』という生き様を受け入れたのか、誰にも解らぬ事だった。

恐らくは、道を歩み続ける檜佐木修兵自身にさえも。

≡

瀞霊廷　一番隊舎前《たいしや》

「それじゃ、何か言い残す事はあるかい？」


総隊長の言葉が、罪人《とがびと》の周囲に静かに響く。

滅却師《クインシー》との戦争終結から数日後。

瀞霊廷に落ちてきた謎《なぞ》の鳥のような異形《いぎよう》の排除も完了し、周囲からは死の匂《にお》いが大分薄らいでいる状況だったのだが――現在の一番隊舎前には、戦争の最中と欠片《かけら》も変わらずに緊張の糸が張《は》り巡《めぐ》らされている。

総隊長である京楽の周囲にいるのは、地下監獄最下層『無間《むけん》』を管理する刑軍《けいぐん》の面々、そして有事に備えて散開している隊長格の死神達だ。

一時的に『無間』から出獄させていた大逆人《たいぎゃくにん》、藍染惣右介《そうすけ》の再収監。

現在は、多くの死神達が滅却師《クインシー》との戦闘によって死亡しており、無事な者達もその大半が負傷者の治療に当たっている最中だ。

井上《いのうえ》織姫の助力によって生死の狭間《はざま》に居た死神の多くが命を繋《つな》ぎ止《と》めたが、彼女の『双《そう》天帰盾《てんきしゅん》』の力は失われた霊圧の回復には向いていない。傷は治《なお》せても元の霊圧まで全快させていては、他の患者の命も織姫の体力自体も保《も》たなくなる。

よって、他に誰も手が施《ほどこ》せぬレベルの重症患者は織姫が担当、峠《とうげ》を越えた者から四番隊が引《ひ》き継《つ》ぐ形で治療が進められた。

上半身が吹き飛んだ破面《アランカル》すら再生させた事のある織姫の力といえど、限界はある。

致命《ちめい》的な損傷から時が経過し過ぎた者、完全に魂魄《こんぱく》が消失した者、そもそも跡形《あとかた》すら残らなかった者などは双天帰盾でもどうしようもない。

失われた命は多く、無力感に心が折れかけた死神達も多かったが——それでも、最終的な勝利の報は護廷十三隊を一つの強靭《きょうじん》な組織として奮《ふる》い立《た》たせるには充分だった。

藍染惣右介を前に『万全の構え』などという言葉は存在しないに等しいが、それでも、彼らは最大限の警戒を持って再収監《しゅうかん》の場に臨《のぞ》む。

とはいえ、最終的に『無間』の中にまで入るのは総隊長の京楽だけだ。

形式として「言い残す事」を尋ねた京楽だが、藍染に迂闊に喋らせる事は危険だという事も承知している。椅子《いす》に括《くく》られ、身体の各所を封印された今の状態でも鬼道《きどう》は発動できるし、そもそも彼が口にするただの『言葉』すらも計略の一つとなりかねない。

こちらから尋ねたものの、不穏《ふおん》な事を言いだした場合はすぐに声を封じなければと考えていた京楽だが、それを察したように、藍染が不敵な笑みを浮かべながら首を振った。

「残念だが、言葉を残す価値のある者はここに居ない。京楽春水、君も含めてね」

「それは何よりだね。キミにとって価値があるという事は、相手にとっては不幸って奴さ」

「もう少し黒崎一護と語らいたかったのだがな。浦原喜助《うらはらきすけ》が気を回したか」

一護は現在、父親の黒崎一心《いっしん》や井上織姫達と共に流魂街にある志波空鶴《しばくうかく》の屋敷に滞在している。

戦力を考えるならば藍染を封じる場に一護が居るべきなのだろうが、一護の中にある虚《ホロウ》などに藍染が何かしら影響を与えるのではないかという事を警戒しての処置だった。

「一護クンは元々部外者だからねぇ。それに、何か彼に話す事があるとしたら、もう済ませてあるんだろう?」

誤魔化すように言って笠《かさ》を直し、無傷の左目で藍染を見下ろす京楽。

封印は浦原喜助の手によって以前よりも更に強力な物となっているが、それでも油断はならない。救命装置から出て来たばかりの涅《くろつち》マユリが『浦原喜助の処置など信用できるものかネ』と言って自ら新たな拘束具《こうそくぐ》を造《つく》ろうとしたのだが、それを待つ時間はなかった。

「じゃあ、行こうか。刑期を終えた後、君が尸魂界《ソウル・ソサエティ》の味方である事を祈るよ」

「心にも無い事を」

全てを見透《みす》かすような笑みを浮かべつつ、藍染は京楽を見もせずに言葉を紡《つむ》ぐ。

「そもそも、私の刑期が終わるまで、尸魂界《ソウル・ソサエティ》が存続していると信じているのか？」

「もちろんさ。存続させるのがボク達の仕事だからね」

「君も霊王宮で見たのだろう？　この尸魂界《ソウル・ソサエティ》の原罪《はらわた》を」

「…………」

奇《く》しくも、藍染は元部下であるハリベルと同じ表現を口にした。

京楽は知っている。

彼が言っているのは、自分が霊王宮の大内裏の中で見た物の事であると。

だが、敢えて藍染の言葉には応《こた》えず、そのまま無間への入口へと先行する。

藍染の問いに答えるとしても、それは無間の奥、他の隊長達の声が届かなくなる場所にまで辿り着いた後にすべきだと判断しての事だった。

当の藍染も返答は期待していなかったが、京楽の、あるいは周囲の死神達の心を見透かすかのように皮肉の言葉を口にする。

「君にしては口数が少ないいな。私との会話が死神達の変節を呼び起こす事を怖《おそ》れているのか？　東仙要のように」

すると次の瞬間、怒りに満ちた声が一番隊舎の前に響き渡った。

「巫山戯《ふざけ》るな！」


怒声《どせい》をあげたのは、京楽ではない。

息を切らせ、ここまでようやく駆けつけたという様相の死神だった。

顔面の疵痕《きずあと》と刺青《いれずみ》が特徴的な若い死神――九番隊副隊長、檜佐木修兵である。

身体中の包帯が痛々しく、未《いま》だ満身創痍と言える状態に見えた。

実際彼は、四番隊の療養所から抜け出してきたばかりである。

ユーハバッハの親衛隊であるリジェ・バロによって身体を撃ち抜かれ、死神にとっての心臓とも言える鎖結《さけつ》と魄睡《はくすい》を損傷して瀕死の状態となっていた。

だが、リジェの『万物貫通《ジ・イクサクシス》』の力があまりにも鋭かった為に、穿《うが》たれた穴以外の体組織

が破壊されずに済み、奇跡的に一命を取《と》り留《と》めたのである。

織姫から治療を受けて傷だけは回復した檜佐木だが、魄睡を損傷した際に失われた霊圧は簡単には回復せず、実質的に数日間昏睡《こんすい》状態となっていた。

そして、まだ完治《かんち》していないにも拘わらず、彼は再封印されようとしている藍染の元へと訪れたのだ。

無理を押してまで駆けつけた理由の一つは、九番隊副隊長としての責務を果たす為。

檜佐木の上司である九番隊隊長、六車拳西《むぐるまけんせい》は、身体がゾンビ化して仮死状態となっており、元の状態へと回帰させる為に十二番隊の特殊治療カプセルの中に入れられていた。

だからこそ、辛《かろ》うじて動ける自分だけでも現場の警戒にあたろうとしたのである。

もう一つの理由は——これは半分無意識での事なのだが、かつて彼の上司だった東仙《とうせん》要《かなめ》の仇《かたき》である男が収監される姿を、己の目でハッキリと見届けたかったという私的な感情からだった。

実際、彼は心の内では納得している筈だった。

これで藍染が再び収監されれば全てが丸く収まる。

自分の私怨《しえん》で話をややこしくするわけにはいかないのだと、檜佐木は拳《こぶし》を強く握りしめながら己を律《りつ》しようとしていた。

だが、その覚悟は、駆けつけた途端に聞こえて来た藍染の言葉によって決壊する。

「東仙隊長が……お前の言葉なんかで信念を曲げたって言いたいのかよ……」

「妙な物言いをするな、檜佐木修兵」

怒りを露《あら》わにする檜佐木の前で、藍染は泰然自若《たいぜんじじゃく》とした態度で言葉を返した。

「君は東仙要が心変わりをした瞬間に立ち会った事などないだろう？　君が死神になった頃には、既に東仙要は私の部下だったのだから」

「………！」

すると、京楽が窘《たしな》めるように口を開く。

「修兵クン、キミの怒りは正当なものだよ。でも、すまない。今は抑えちゃくれないか」

「……ええ、解ってます、総隊長」

檜佐木は斬魄刀に手を伸ばしそうになる自分の心を鎮《しず》めつつ、藍染に対して答えた。

「あんたは黒崎と共闘してユーハバッハを斃《たお》したかもしれないけどよ……何をしようと、俺にとっちゃ永遠に東仙隊長の仇だ」

復讐。

その単語を、藍染の名を聞く度《たび》に何度思い浮かべただろうか。

だが、それは肯定と否定、二つの意味を同時に呼び起こすものだった。

心の中では、確かに東仙を誤った道へと導《みちび》き破滅させた藍染への憎しみはある。

一方で、強い負の感情に囚われつつある己への疑念と苛立《いらだ》ちも渦巻《うずま》いていた。

復讐心に囚われ、道を誤った東仙を止める為に動いていた檜佐木からすれば、自分がその『復讐』を口にする事は、共に戦った狛村《こまむら》を始めとする死神達、そして何より東仙本人への侮辱《ぶじょく》に他ならないのではないかと。

そんな彼の胸中を見透かすかのように、藍染が薄い笑みと共に残酷な言葉を並べていく。

「永遠などと、軽々しく口にするものではないだろう？　東仙要の信念ですら永遠ではなかったのだから」

「……ッ！　お前がそれを……」

激昂《げっこう》しかける檜佐木の怒声を、藍染は続く言葉で押さえ付けた。

「君は一つ、勘違《かんちが》いをしているようだな」

静かな声。

だが、檜佐木の叫びを圧倒する、明確な『力』の籠もった声だった。

「私は東仙要を、罰すべき敗残兵《はいざんへい》として手にかけたわけではない」

一瞬の間。

藍染は周囲の困惑《こんわく》を余所《よそ》に、己の意思を短い言葉に籠めて吐き出した。

「あれは、私なりの慈悲《じひ》だ」

その言葉に、周辺の空気が凍りつく。

檜佐木だけではなく、京楽や周囲の死神達も、藍染の発している言葉の意味を即座に理解する事はできなかった。

僅《わず》かな沈黙を置いて、握り締めた拳を振るわせながら檜佐木が口を開く。

「慈悲……だと？」

いけしゃあしゃあと宣《のたま》う藍染に対し、檜佐木は更なる怒りを煮《に》えたぎらせた。

藍染に対してではない。

このような男に、むざむざと東仙要を殺された自分の弱さに対しての怒りだ。

「どこまで……テメェは東仙隊長を虚仮《こけ》にすれば……」

そんな檜佐木に対し、藍染はあくまでも淡々と語り続ける。

「あのままの状況では、後から辿《たど》り着《つ》いた井上織姫も卯ノ花烈《うのはなれつ》も、東仙要を救おうとするのは明白だ。だが、それが彼にとって何を意味するのか、君達には解らないだろう」

「………？」

「東仙要があのまま生き延びれば、彼はやがて比類無《ひるいな》き絶望をその身で受け止め、心朽《く》ち果《は》てる事となる。あれほどの美しい覚悟の持ち主が、更なる絶望に絡《から》め殺《ころ》されるのは忍《しの》びない。だからこそ、最も忠誠心の高かった部下への手向《たむ》けとして慈悲《死》を与えた。ただ、それだけの事だ」

檜佐木には、相手が何を言っているのかまるで理解できなかった。

さりとて、適当な言《い》い訳《わけ》で場を誤魔化しているようにも思えない。

困惑する檜佐木を余所に、藍染は続く言葉を周囲にいる死神達に向けて投げかけた。

「君達も、いずれ知る時が来るだろう。この尸魂界《ソウル・ソサエティ》が……死神というものが、如何《いか》に危《あや》うい幻想で形作られているのかという事を」

「……そこまでにしようか。君にしては口数が多い」

藍染の言葉を止めた京楽が、そのまま刑軍に指示を出し、無間の入口へと藍染を移送させようとする。

「待ってください総隊長！　藍染の奴は一体何を……」

納得ができないという様子の檜佐木の前に、二番隊隊長の砕蜂《ソイフォン》が立《た》ち塞《ふさ》がった。

そして、背後に回りながら一瞬で檜佐木の片腕をねじり上げる。

「いい加減にしろ！　奴に知己《ちき》を奪われた者が貴様一人と思うな！」

「ぐッ……！　ですが砕蜂隊長……！」

「貴様程度に仇が討《う》てるならば、疾《と》うに我々が奴を処断している！　貴様の行為は悪戯《いたずら》に周囲を混乱させているだけだ！」

「………」

その事実を誰よりも痛感しているのは、檜佐木自身だった。

自分では藍染という強大な存在に対して何もできない。

藍染の発するただの『言葉』に動揺している自分に、一体何ができるのかと。

憎しみを抱こうとも殺すにはあたわず、さりとて許す事も忘れる事も叶《かな》わない。そんな事は、檜佐木はとうに理解していた。

すると、体を縛《しば》りつけられている椅子ごと連行されていた藍染は僅かに首を傾け、檜佐木へと視線を向ける。

「──『責任だけを刃《やいば》に乗せて刀を振るうのが隊長の仕事であり、憎しみで刀を振るうのは薄汚れた暴力に過ぎない』。日《ひ》番谷《つがや》冬獅《とうし》郎《ろう》が、かつて私に投げかけた言葉だ」

「ぐッ……」

檜佐木は、その言葉に黙り込む事しかできなかった。

自分がやはり隊長の格には程遠《ほどとお》いと言われていると感じたが、自らもその通りだと考えてしまった為、反論の代わりに目を伏せ強く歯噛《はが》みする。

だが、藍染はそんな檜佐木の口惜《くや》しさすら否定した。

「安心するといい。君が抱いているものは憎しみではない。消え去った東仙要とその足跡《そくせき》に対する感傷に過ぎない」

「なッ……」

「覚えておくといい。如何に強い決意を身に抱こうと、単なる感傷で強者を屠る事など出来はしないのだと」

「……ッ！」

　すると、その会話を打ち切るように京楽が強く手を打ち鳴らす。

「はいはい、そこまでって言ったよね？　霊圧で運び手の子達を脅《おど》かすのは止《や》めてくれないかい？　この場に言葉を残す価値なんてないんだろう？」

　その言葉に死神達が目を向けると、椅子に封じられて動けぬ藍染を運ぶ刑軍の人間達が、全身から脂汗《あぶらあせ》を流していた。

「単なる余興《よきょう》というやつだ。これから退屈な時間を過ごす事になるのでね、私のささやかな言葉で僅かなりとも尸魂界《ソウル・ソサエティ》の未来が変わるのかどうか、それを推察して楽しむとしよう」

「やれやれ、趣味がいいとは言えないねえ」

　そこでようやく霊圧から解放された刑軍の面子《めんつ》が、呼吸を必死に整《ととの》えながら再び歩を進め始める。

地下へと消えていくまでの僅かな間に、藍染は最初と変わらぬ静かな声で周囲の死神達に対し、何かを試すかのような言葉を投げかけた。

「真実を見通したければ、自らの血肉と魂を贄《にえ》として足掻《あが》く事だ」

そして、最後に一つだけ、蛇足《だそく》とも取れる一言を呆然《ぼうぜん》と佇《たたず》んでいる檜佐木修兵に対して付け加える。


「少なくとも、東仙要はそうしてきた。それは君も知る所ではないのかな？」


かくして、黒崎一護と共にユーハバッハを討った大罪人は闇《やみ》の奥へと姿を消した。

世界を達観した藍染の言葉は到底虜囚《りょしゅう》の其《そ》れとは思えず、多くの死神達は不遜《ふそん》な負け惜しみであると眉《まゆ》を顰《ひそ》めたのだが、一部の隊長格は『虚言《きょげん》を弄《ろう》する男ではあるが、無意味な事を言う男ではない』と、心の片隅《かたすみ》に留め置いて気を引き締める。

檜佐木は最後まで自分の感情を整理する事ができず、藍染の言葉は緩《ゆる》やかな毒となって心の内に残り続ける事となった。

その毒が檜佐木の心を歪《ゆが》ませる事は無かったが、代わりに運命そのものを蝕《むしば》み、やがて彼を一つの闘いへと導き誘う。
あるいはそれは、藍染の残した毒がなくとも、彼が東仙の道を追う死神である限り、必ず辿り着くべき運命だったのかもしれないが。

檜佐木修兵は予言者でも全知全能でもなく、当然ながら己の未来を知る術《すべ》はない。
彼は黒崎一護のような記憶に残る英雄ではなく、
更木剣八のような純然たる力もなく、
浦原喜助のような知恵もなく、
涅マユリのような技術もなく、
朽木白哉のような格もなく、
日番谷冬獅郎のような才能もなく、
山本元柳斎のような経験もなく、
京楽春水のような華《はな》もなく、
狛村左陣《さじん》のような気魄《きはく》もなく、
六車拳西のように剛胆《ごうたん》でもない。

そのように、『隊長を目指《めざ》すにしろ、このまま副隊長を続けるにしろ、俺に足りない物は数え切れない』と酒の席で自嘲《じちょう》するような彼が持ち合わせる、数少ない資質。

即《すなわ》ち、死神としての矜持《きょうじ》。

檜佐木修兵は、まだ知らない。

殆《ほとん》どの護廷十三隊員が己の基盤として持ち合わせている、そんなありふれた物を守る為に、自分が世界の命運を背負って戦う事になるなどと。


彼がその現実と向き合う事になるのは、大戦終結から僅か半年後の事だった。

一章

数百年前　瀞霊廷《せいれいてい》　官庁街

「何故《なぜ》、何故あの男が死刑ではないのですか！」

それは、命を賭《と》した叫びだった。

「四十六室《しじゅうろくしつ》にお目通りを！　どうか！」

屈強な守衛が持つ鋼鉄製の六尺棒に遮《さえぎ》られながら、一人の青年が声をあげ続ける。

青年の目に瞳《ひとみ》の色はなく、細《こま》かな所作《しょさ》から盲目《もうもく》であるという事が窺《うかが》えた。

盲目の青年は音や気配だけで周囲の状況を把握《はあく》できるらしく、目の前に立つ守衛達の凶《きょう》猛《もう》なる雰囲気は感じ取っている事だろう。

門番達は貴族の縁者なのか、流魂街《ルコンがい》から来たと思《おぼ》しき青年を見る目には、明確な侮蔑《ぶべつ》の色が浮かんでいた。

だが、青年は臆《おく》す事なく門の奥へと手を伸ばす。

青年の口から吐き出されるのは、断罪を求める叫び。正義の執行を求める純粋な嘆願《たんがん》だ。

しかし門番達はそれに耳を貸すことなく、盲目の青年に対して六尺棒を振るい上げる。

布地の擦《こす》れる音。空気の蠢《うごめ》き、足運びの流れ。

盲目の青年はその全《すべ》てを感じ取り、門番から自分に対して容赦《ようしゃ》の無い一撃が叩《たた》き込《こ》まれると判断した。

しかし、彼は避《よ》けようとしない。

その表情に浮かぶのは、絶望か、あるいは悲しみか。

ただ、そこで怯《おび》えて退《ひ》くという様なそぶりは欠片《かけら》も見受けられなかった。

青年は、ここに来た時点で既《すで》に己《おのれ》の身命を賭す覚悟を決めていたのだ。

門番達はそれに気付く事なく、盲目故《ゆえ》に避けようがあるまいと思い込み、無抵抗の相手に迷わず武器を振り下ろす。

だが――激しい衝突音が響《ひび》き、門番達の一撃が弾《はじ》かれる。

「！」

門番達の目に映ったのは、鞘《さや》に収められたままの斬魄刀《ざんぱくとう》。

そして、それを手にしている者を見た瞬間、門番達は表情を強《こわ》ばらせる。

「物騒な真似《まね》はしないでくれ。まだ歌匡《かきょう》さんの喪中《もちゆう》だ」

「あ、貴方《あなた》は……」

「彼はこちらで説得する。君達は警備の仕事に戻るといい」

「は、はい！」

盲目の青年は、最初何が起きたのか理解できずにいた。

彼の意識は、自分を助けてくれたらしい男の発した人名に囚《とら》われる。

歌匡。

自分がここに命がけで訪れた理由。

幼い頃から流魂街で共に過ごした、かけがえのない親友の名だ。

その名を口にした男は、盲目の青年に優しげな声で語りかける。

「君の事は知っているよ。確か、歌匡さんの葬儀に来ていたね」

「……あの人を……知っているのですか」

「同僚というやつさ。私も死神だよ。……だが、私は彼女を護《まも》れなかった時点で死神として失格なのかもしれないが」

沈痛な面《おも》持ちで語る男は、そのまま盲目の青年に対して手を差し出した。

「場所を変えよう。あの頑冥《がんめい》な門番達と語る事は、もはや何もないだろう？」

「そうか、君が東仙要《とうせんかなめ》君か。隊舎《たいしゃ》の中でも、彼女はたまに君の名前を出していたよ。だから君は、特別に隊葬の儀に呼ばれたんだろうね」

盲目の青年――東仙要は流魂街の住人であり、死神ですらない彼は本来ならば瀞霊廷に自由に出入りする事はできない。

そんな彼が瀞霊廷内に入れたのは、特別な計《はか》らいだった。

「歌匡さんは、死神として入隊する時に、あらかじめ遺言状《ゆいごんじょう》を残していたんだ。虚《ホロウ》との闘《たたか》いでいつ死ぬか解《わか》らないからね。寧《むし》ろそれは真央霊術院《しんおうれいじゅついん》でも推奨《すいしょう》されている」

歌匡の知り合いだという死神が言うには、遺言状の中には「自分が死んだら遺体は流魂街に埋めて欲しい」という旨《むね》が書かれていた。

「星の見える丘の麓《ふもと》に埋めて欲しいそうだ。場所は、東仙要という親友が知っていると」

「……はい、その丘には、心当たりがあります」

東仙の脳裏《のうり》に蘇《よみがえ》るのは、かつて丘の上にある村の側《そば》で、親友と共に夜空を見上げた記憶。

――「わたしは夜空が好きよ。要」

――「だって、夜空は世界に似ているもの」

――「全《すべ》てが闇《やみ》に包まれていて、小さな光がたくさんあって」

――「でも、それを覆《おお》い隠《かく》そうとする雲があるの」

――「わたしはね、要。その雲を取り払う人になりたいの」

――「光が一つだって消えてしまわないように。わたしは雲を払うのよ、要」

星を見上げながらそう言っていた彼女は、やがて夢を叶《かな》えた。

世界の光を守る為《ため》の力と立場を手に入れたのである。

死神。

尸魂界《ソウル・ソサエティ》の全ての基盤となり、現世《げんせ》に生きる者達をこの世界へと導《みちび》き、循環《じゅんかん》させる世界の担《にな》い手《て》。

悪《あ》しき魂《たましい》である虚《ホロウ》を打ち払い、人々の希望となる。

彼女はまさに星を守る権利を与えられたのだ。

だが、夢が叶った彼女は、その続きに足を踏み出す事はできなかった。

「……彼女の夫が、殺したと聞きました」

「ああ、そうだね。彼女の夫は同じ隊の同僚を些細《ささい》な諍《いさか》いから斬《き》り殺《ころ》し、それを諫《いさ》めようとした己《おのれ》の妻も殺した。それは事実だ」

「……何故、彼女が……あの人が死ななければならなかったのですか？」

悔《くや》しさに拳《こぶし》を握《にぎ》り締《し》める東仙に、死神の男が答える。

「これは私の推測だけれど、彼女が誰よりも真《ま》っ直《す》ぐな人で……正義と平和を心に抱《いだ》き続けたからだと思っている」

それは東仙も理解している。

親友である歌匡は、誰よりも平和を愛していた。誰よりも正義を重んじていた。

だからこそ、自《みずか》らの手を虚《ホロウ》の返り血に染める覚悟をしたのである。

「私も、いつかこうなるのではないかと彼女を日頃から案じていた。彼女は正義を貫《つらぬ》くには平和を愛し過ぎる。もしも愛も平穏《へいおん》も否定し、ただ苛烈《かれつ》なる正義のみで生きていたならば、彼女は逆に夫を斬っていた事だろう。だが、彼女にはそれができなかった」

「彼女の願いが間違っていたというのですか⁉　彼女を殺した男は、大した罪にも問われぬと聞きました！」

「だから、君は四十六室に目通りを願ったのだろう？」

死神は小さく溜息《ためいき》を吐き出し、言《い》い淀《よど》むように言葉を続けた。

「……五大貴族、というのを知っているかい」

「具体的な家名は知りませんが、確か……瀞霊廷の貴族の中でも最高位の家柄《いえがら》だと……」

「歌匡さんを斬った男というのは、その五大貴族の血筋だ」

「！」

死神と結婚した事は知っていたが、五大貴族程《ほど》の名家だとは聞いていていない。

困惑《こんわく》する東仙に、死神は更《さら》に言葉を続けた。

「本家筋ではない、分家の末裔《まつえい》だからね。その男にはさしたる権力もないが、そんな立場の男だろうと、貴族というのは殺人の罪を軽減させる事ができる。もしも本家の人間ならば、殺人自体を無かった事にしていたか、歌匡さんに叛逆《はんぎゃく》の罪を着せて処刑したという形で落ち着けていただろうね」

「そんな！　そんな……馬鹿な事が……ッ！」

東仙は、思わず声を荒らげる。

親友を殺した男が大した罪にならぬと聞いた瞬間から、心の中で、そのような可能性がある事も考えてはいた。

だが、その彼女自身が『正義の為の力だ』と断じていた組織の中でそのような事が起こるなどとは信じたくなかったのである。

だからこそ――それを否定したかったからこそ、彼は命がけで中央《ちゅうおう》四十六室へ直談判《じかだんぱん》するためにここまで来たのだ。

「死神とは、護廷十三隊《ごていじゅうさんたい》とは尸魂界《ソウル・ソサエティ》と現世の平穏を守る集団ではなかったのですか！　四十六室とは世界の理《ことわり》を体現する方々ではなかったのですか！」

「平穏を守ったのさ。貴族も世界の一部だからね。彼らの平穏を守ったんだ。そして、まさに今の四十六室はそうした理不尽《りふじん》な世界の象徴という事だよ」

「……ッ！」

断言する死神に、東仙は呆然《ぼうぜん》と立《た》ち尽《つ》くす。

そんな彼に、死神は口惜《くや》しげに顔を歪《ゆが》めながら口を開いた。

「君の気持ちは痛い程解る。私も彼女を殺した男がさしたる罪に問われぬなど、どう考えてもおかしいと思っている。しかし、それが尸魂界《ソウル・ソサエティ》だ。四十六室は五大貴族の……特に力を持つ綱彌代《つなやしろ》家の言いなりなんだ」

沈痛な面持ちで語り、男は東仙と同じように拳を握りしめた後――

周囲に人がいない事を確認した後に、静かな声で問い掛ける。

「だが、それを全て踏まえた上で、敢《あ》えて私は、彼女の親友である君に聞きたい」

「……………？」

果て無き憤《いきどお》りに心を蝕《むしば》まれかけていた東仙だが、男の真剣な声色《こわいろ》に気圧《けお》されるように、開きかけていた口を閉ざして相手の言葉に聞き入った。

「もしも復讐に足《た》る力を私や君が持つとして、それを我々は成《な》すべきだろうか？」

「それは……」

「これは、彼女の願いや尊厳と私達がどう向き合うかという問題でもある。果たして彼女は……東仙君、君に対して復讐を望んでいるだろうか？」

相手の表情を見る事はできない東仙だが、その死神の言葉の端々《はしばし》に、僅《わず》かな殺気のようなものが感じられる。

それが逆に自らの冷静さを取り戻す結果となり、東仙は怒《いか》りを辛《かろ》うじて押し込めつつ、親友の言葉を思い出しながら言葉を紡《つむ》ぎ出《だ》した。

彼女の同僚がこのような殺気を滲《にじ》ませる事など、あの人の望んだ世界とは程遠い。

自分の中で必死に折り合いをつけようとしながら、東仙は死神の問いに対する答えを口にしようとした。

「……あの人は、復讐は望まないと思います。それがあの人の望みであるのならば……私も……」

だが、そこで言葉が止まる。

――『私も、復讐を望まない』

その言葉を、口から上手《うま》く吐き出す事ができない。

自分の為に他者が復讐に手を染めるなどと、彼女は決して望まないだろうという事は解っていた。

しかし、臓腑《ぞうふ》の奥底で絶《た》え間《ま》なく脈打つ感情が、それを認める事を良しとしなかった。

――彼女の願いなど関係ない。

――自らの為に復讐を成せ。

己の内から湧《わ》き上《あ》がる黒い感情の塊《かたまり》が訴《うった》えかけるが、東仙はその声に従う事もできない。

彼は知っていたからだ。もしも自分や他の誰かがその憎しみに従ってしまえば――その時こそ、彼女が二度目の死を迎える時であると。

彼女の生きた証《あかし》の全てを踏みにじる事になる、自らの手で彼女の願いを殺す事になる。

それだけは出来ないと、東仙は己の感情を殺すのと引き替えに言葉の続きを紡ぎ出した。

「私も……彼女の願いを、彼女が望んだ正義と平和を……重んじたいと思います」

「そうか……。そうだな。確かに彼女は平和を愛した。だからこそ命を落としたが……しかし、私はそれが彼女の弱さだったとは思わない」

死神は殺気を薄れさせ、淡々《たんたん》とした調子で東仙に対して言葉を続けた。

「彼女の祈ったものが弱さではなく強さであったと証明できるとすれば、それは君のような者が今後どう生きるかという事だろう」

「………」

「どうか、彼女の願いを君が受《う》け継《つ》いで生きてくれ。これ以上、無駄《むだ》な血がこの世界の中に流れぬように」

「…………」

死神の言葉に、心の底から納得ができたわけではない。

だが、東仙は目の前にいる男が親友の事を自分と同じように理解している者だと悟《さと》り、憎しみに染まりかけた心を押《お》し止《とど》めてくれた事に感謝した。

「……ありがとうございました」

「いや、こちらこそ礼を言わなくてはならないな。こうして、君のような人間が彼女の遺志を継いでくれるという事に」

「いえ、私にそのような資格は……」

今も湧き上がる憤怒《ふんぬ》と憎悪を必死に抑《おさ》え付《つ》けている自分に、彼女の志《こころざし》を護る資格などない。そう思う東仙に、死神は優しげな笑顔で語りかける。

「人の祈りを受け継ぐ事に、資格など要《い》らないだろう？　彼女がかつて言っていたよ。自分の願いは大したものではなく、空の星々のように、ただそこにあるだけで輝き続けるものを護りたい、そんなささやかな希望だとね」

「…………」

その話を彼女がしたという事は、目の前の男を含め、本当に彼女は同僚の死神達に希望を抱《いだ》いていたという事なのだろう。

東仙はそう判断し、彼女の尊《とうと》さを重んじる者が死神の中にもいたという事に安堵《あんど》した。

「あの……宜《よろ》しければ、お名前を教えて頂けませんか」

だから、彼は名を聞いた。

彼女の内面を見ていた者が自分以外にも確かにいるのだと、世界は残酷だが無慈悲《むじひ》ではないのだと己の心に刻《きざ》み込《こ》む為に。

すると、男は穏《おだ》やかな口調で、淀みなく自らの名を口にした。

「ああ、私の名は時灘《ときなだ》だ。綱彌代時灘」

「はい、ツナヤシロ様です……か……。……。……？」

そこで、東仙の思考が一瞬止まる。

強い違和感。

聞き覚えのある名が、目の前の男の口から語られたからだ。

――いや、しかし。まさか。

――私の思い違いだろう。

そう思い、再度尋《たず》ねようとした東仙の表情を見て、男は小さく首を振る。

「勘違《かんちが》いでも聞き間違いでもないよ、東仙要君」

「え……？」

「君は私の顔はもちろん、声も知らなかっただろうからね。いやあ、最初に名前を聞かれなかったのは僥倖《ぎようこう》というべきか。偽名《ぎめい》を名乗るのはあまり好きではないんだ」

「あの、貴方は何を……」

困惑する東仙だが、彼の臓腑は叫びを上げ、本能が二つの相反する単語を並べ立てる。

『殺せ』

『逃げろ』

と、憎悪と恐怖が入り乱れた感情が全身の血管を駆《か》け巡《めぐ》り始めた。

しかし肝心《かんじん》の理性がそれに追いつかず、どちらの行動にも出られずにいた東仙に対し、男は淡々とした調子で自らの立場を相手に告げる。

「もう一度言おう。私が、綱彌代時灘……君の親友の夫だった男だよ。いや、今となっては、君の親友の仇《かたき》、というべきか」

「………」

「いやあ、君が復讐を望まないでくれて良かったよ。失うもののない流魂街の貧民に恨《うら》まれ続けるなど、保身を考えて二の足を踏む貴族達に恨まれるより余程《よほど》恐ろしいからね」

いけしゃあしゃあと語る男は、変わらぬ笑顔のまま東仙の頰《ほお》に手を添《そ》えた。

同時に、これまでに体験した事の無い寒気が東仙を襲《おそ》う。

親友などから感じていたものとは違う、ひたすらに不気味で重々しい霊圧《れいあつ》で全身を射貫《いつらぬ》かれ、体内の激しい衝動を力尽《ちからず》くで抑え込まれた。

度を超《こ》した恐怖の感情が、『逃げろ』という本能の叫びすらをも打ち消したのである。

「もしも先刻の問いに『歌匡は復讐を望むだろう』と答えていれば、私は君を斬るつもりだったよ。彼女を全く理解《ミつた》していない愚《おろ》か者《もの》と話すのは不快だからね。同じ死神ならともかく、流魂街の住人などいくら殺しても問題はないしな」

先刻の男の言葉に感じた殺気が自分に向けられていたものだと気付くが、もはやどうでも良い事だった。

相手の言っている言葉の意味も理解できない。したくもない。

だが、東仙の感情を爆発させ、のし掛かる恐怖から身体《からだ》を解放するには充分だった。

目の前に親友の仇を名乗る男がいる。

それが嘘《うそ》か本当かはもはやどうでもよい。

だが、このような禍々《まがまが》しい気配を人に向ける男が、親友について語る事が許せなかった。

これまで身体の奥底に押し込めていた負の感情が弾《はじ》け飛《と》び、眼前の死神、綱彌代時灘に向かって襲いかかった。

「――――――――ツッ」

声にならぬ声。

まさしく獣《けもの》のような叫びと共に、東仙は目の前の男に摑《つか》みかかった。

だが——

「我《わ》が妻の良友よ、何故そうも憤《いきどお》る？」

東仙の世界が、ぐるりと大きく回転する。

背中から地面に叩きつけられ、身動きが取れなくなる。

口の中に血の味が広がり、手足は激痛と共に麻痺《まひ》しているのが理解できた。

それでもなんとか起き上がろうとする東仙の上から、穏やかな声が響き続ける。

「私の妻……歌匡ならば、私を許すぞ？」

「おま……え……。お前が……ッ！」

東仙は声の元に向かって叫ぼうとするが、喉《のど》から溢《あふ》れる血が上手く言葉を象《かたど》らせない。

「先ほどの問いに君は答えたろう？　彼女の願いを重んじる、と。妻の事を想《おも》うならば、私の事を許し、憎しみを忘れ、我ら死神に護られた安寧《あんねい》の中で日々を生きるべきじゃあないのかな？」

「……ッ！」

「我が妻も、君がそうする事を望むだろう。理解したまえ、彼女の為にも」

そして、時灘は起き上がろうとする東仙の喉に斬魄刀《ざんぱくとう》を鞘ごと押し当て、喉を潰《つぶ》しながら地面に押しつける。

「もっとも、斬拳走鬼《ざんけんそうき》を一つなりとも使えぬ君に、最初から復讐する力などなかろうがね」

そして、東仙の叫びを聞いて集まってきた門番達に声をかける。

「やあ、君達。仕事だぞ？　流魂街の住民が私に手を上げようとした。早々《そうそう》に叩き出してくれないか？」

「は、はいッ！」

門番達は笑顔のままでそう語る五大貴族の縁者を前に、空恐ろしい何かを感じながらも指示に従う。

彼らと入れ替わる形で東仙の元を去りながら、時灘は思い出したように口を開く。

「ああ、誤解のないよう言っておこう。私は君に嘘は一切《いっさい》ついていない。私のような男がろくに罰されないとは、本当におかしな世界だよ。それに、歌匡を世の中の理不尽から護れなかった事も残念だと思っているし、彼女の願いが尊いものである事も理解している」

「――――」

喉を潰された東仙は、それでも何かを叫ぼうとしながら時灘を睨《にら》みつける。

盲目である筈《はず》の彼にも、ハッキリと見えたからだ。

去りゆく死神の顔に貼《は》り付《つ》けられた、悪意と愉悦《ゆえつ》に満ちた凶悪な微笑《ほほえ》みが。

「ただ、私はそういう願いが反吐《へど》が出る程に嫌いというだけの話さ」

そして、そんな男に対する怒りよりも深く、親友の願いを踏みにじった世界に対して深い絶望を抱いた。

あの日、彼女が見上げた星々は——決して彼女を照らしはしなかったのだと。

彼女こそが真に世界を照らす光であり、それはもう、永遠に失われてしまったのだと。

深い絶望と怒りに包まれた東仙の頭上に、再び門番達の六尺棒が振り上げられ——

此度《こたび》は、誰もそれを止める者はいなかった。

≡

現在　瀞霊廷某所

「む……」

そこで、男は目を醒《さ》ます。

「やれやれ、随分《ずいぶん》と懐《なつ》かしい夢を見たものだ」

男は玉座《ぎょくざ》のように豪奢《ごうしゃ》な安楽椅子《いす》上で身を伸ばし、薄暗い周囲の光景に目を向けた。

すると、最初に目に映った小柄《こがら》な人影が、目を爛々《らんらん》と耀《かがや》かせながら声をあげる。

「お目覚めですか！ 時灘様！」

「ああ、良い夢を見た。幸先《さいさき》が良いな」

「夢ですか？ どんな夢ですか！ 時灘様！」

まだ年若い子供の声にそう問い掛けられた男——綱彌代時灘は、ふむ、と今しがた見た夢の事を思い出し、口元を邪悪《じゃあく》な笑《え》みで歪ませながら言葉を返した。

「懐かしくも心地好い夢だ。今でもハッキリと思い出す事ができるよ。人の心が絶望に満ちる瞬間は実に胸が空《す》くものだ。自分に向けられた果て無き憎悪を叩き潰す瞬間は何度味わっても飽《あ》きる事はない。たとえそれが夢の中であってもね」

「そうなんですか？ 良く解りません、時灘様！」

「ああ、いいんだ。お前は何も解らなくていい。まだお前は幼いからな」

時灘の視線の先にいるのは、死覇装《しはくしょう》に似た雰囲気の黒い衣服を纏《まと》った子供だった。

所属を示す隊章などは身につけておらず、どことなく通常の尸魂界《ソウル・ソサエティ》の住人とは違った空気を振りまいている。

　年頃は、現世の人間に当てはめるならば十五歳前後といった所だろう。充分に美形といって差《さ》し支《つか》えないのだが、中性的な顔立ちをしており、男なのか女なのか見た目で判じる事はできない。そんな外見の子供だった。

「彦禰《ひこね》は何をしていた？　私が起きるまでそこで棒立ちしていたわけではあるまい？」

　すると、彦禰と呼ばれたその子供は、口元に子供のような笑みを浮かべて答える。

「はい！　時灘様に言われた通りの事をしたのです！　時灘様を殺そうとする人達がいらっしゃったので、ちゃんと動かなくしておきました！」

　そこで時灘は、改めて周囲の景色に目を向ける。

　彦禰の周《まわ》りには数名の黒装束《くろしょうぞく》の者達が倒《たお》れ臥《ふ》しており、何人かは四肢《しし》の骨を全て折られて痙攣《けいれん》していた。

　その身なりから、隠密機動《おんみつきどう》から貴族達に引き抜かれた暗殺者だろうと判断した時灘は、ゆっくりと椅子から立ち上がって彦禰の頭を軽く撫《な》でる。

「そうか、良くやったな。御苦労だった」

「はい！　はい！　ありがとうございます！　時灘様！」

　子犬のように目を耀かせる彦禰を余所《よそ》に、時灘はゆっくりと暗殺者達に近づいて行った。

そして、まだ意識があると思《おぼ》しき者の前に立ち、淡々とした調子で問い掛ける。

「もう、君達の依頼人は全て死んだとは思わないのか？　どうしてそうも律儀《りちぎ》に仕事を遂《すい》行《こう》しようとするのかな？」

時灘がそう言いながら、背後にチラリと視線を向ける。

そこには長い卓があり、椅子に数名の貴族らしき者達が座っていた。

彼らの服にはそれぞれ時灘と同じ家紋が縫《ぬ》い付《つ》けられており、綱彌代家の一族だという事が推測される。

しかし、彼らが動く事はなかった。

誰もが喉や腹を掻《か》き切《き》られ、絶命しているという事が一目で解る状況だったのである。

「綱彌代時灘を暗殺せよ。普通に考えれば、依頼人は私と同じ綱彌代家の重鎮《じゅうちん》達だ。だが、彼らはこうして死んでいる。そのまま逃げればただで前金をせしめる好機だったのではないかな？」

「…………」

暗殺者は黙して語らない。少しでも自分や仲間の情報を漏《も》らさぬようにしているのだろうが、自害しない所を見ると、まだこちらを殺す機会を窺《うかが》っているとも受け取れた。

そう分析した時灘は、嬉《うれ》しそうに口元を緩《ゆる》ませ、賞賛するように両手を上下にゆっくりと打ち鳴らす。

「素晴らしい。一度受けた依頼は、たとえ依頼人が死しても最後まで完遂《かんすい》しようというその心意気に、私は心からの敬意を払おう。……私には決してできぬ事だからな」

「…………」

尚《なお》も睨み付ける暗殺者に、時灘は言った。

「ああ、その褒美《ほうび》として、一ついい事を教えてやろう。君達の依頼人はまだ生きている。つまり、君達の行為は無駄骨ではなかったわけだ」

「………？」

倒れ臥したままの暗殺者が眉《まゆ》を顰《ひそ》める。

仲介人がいたとはいえ、時灘の暗殺を依頼するのは彼を疎《うと》んじている同家の者達だと推測していたのだろう。

だが、先ほど『依頼人が死んだとは思わないのか？』と言った時灘が、今は全く逆の事を言いだした事に奇妙な違和感を覚え、相手を殺す機会を窺いながら時灘の言葉の続きを待った。

すると時灘は、子供をあやすような笑顔を浮かべながら口を開く。

「私だよ」

「……？」

「君達に私を殺すように依頼をしたのは、私なんだ」

「……!?」

困惑する暗殺者に、時灘は続けた。

「綱彌代家に凶刃《きょうじん》を持ち込んだ暗殺者を返《かえ》り討《う》ちにした私は、既《すで》に事切れていた一族の皆を発見する。中々に同情を誘う筋書きだろう？」

「……ばか、な」

自分を手の平の上で踊らせていたと告げる時灘に、暗殺者は顔を歪める。

仲介した人間は、いつもと同じ綱彌代家の子飼いだった男の筈だ。

一族にとって腫《は》れ物《もの》である時灘には従わない。

だが、その推測を嘲笑《あざわら》うように、時灘が言った。

「混乱しているね。まあ、信じようと信じまいとどちらでもいいんだ。君のような暗殺者は絶望という感情を最初から抱《かか》えている場合が多いからな。絶望させるよりも困惑させる方が面白《おもしろ》い」

「なに……を……」

声を振《ふ》り絞《しぼ》る暗殺者に、時灘が嗤《わら》う。

「どうして、こんな事をベラベラと喋《しゃべ》ると思う？　この屋敷の内部に十二番隊の録霊蟲《ろくれいちゅう》などが持ち込めない事を踏まえても、自分の計画を口にするなんて愚《おろ》かだと思わないか？　私は愚かだと思う」

そして、時灘はそのまま相手の指に足を置いて踏みにじる。

「がぁッ……！」

何本か骨が折れる音を聞きながら、時灘は楽しそうに笑う、嗤う、愉悦《わら》う。

「だけどね、止められないんだ。悪癖というやつさ。誰かに聞かれるリスクを冒《おか》してでも、私は見たかったんだ！　君のような誇り高き暗殺者が困惑する顔を！　その表情を！」

丁寧《ていねい》に、ゆっくりと、時灘は何度も何度も男の全身の骨を踏み折りながら笑い続けた。

そして、不意にその笑みを顔から消したかと思うと、冷静に首を振りながら独《ひと》りごちる。

「よく考えたら、本当に誇り高ければ貴族子飼いの暗殺者になどなる筈もないか」

小さく溜息を吐《つ》いて、腰から斬魄刀を抜く時灘。

その様子《ようす》を見て、彦禰が変わらずに目を耀かせながら声を掛けた。

「楽しそうですね！　時灘様」

すると時灘は、自らの斬魄刀を相手の脊髄《せきずい》にゆっくりと突き立てながら微笑みを返す。

「ああ、楽しいとも。蹂躙《じゅうりん》は楽しい。簡単に飽きはするが、半刻《はんとき》もすれば再び心が求めるものさ」

時灘は、その後数刻かけて暗殺者達全員を絶命させた後、斬魄刀の血を拭《ぬぐ》いながら彦禰へと声をかけた。

「さて、行こうか彦禰。凶漢に殺された大叔父《おおおじ》様達に代わり、私が今日から綱彌代家の当主になったと瀞霊廷に告げなければな」

「はい！　時灘様！　あ、これからは当主様とお呼びした方が良いですか？」

「気にするな。私とお前の仲だろう。時灘のままで良い」

「いいんですか！　時灘様！」

周りに十数体の死体が転がる中で、彦禰は無邪気《むじゃき》な笑顔を耀かせる。

そんな男女曖昧《あいまい》な子供の頭を撫でながら、時灘は殊更《ことさら》に邪悪な笑みを浮かべて断言した。

「なあに、構《かま》わないさ」

「彦禰は、いずれ霊王《れいおう》になるんだからな。対等な関係で行こうじゃないか」

二章

数日後　流魂街《ルコンがい》

檜佐木修兵《ひさぎしゅうへい》は、二足の草鞋《わらじ》を履《は》いている。

彼の生業《なりわい》の一つは、誰もが知る九番隊副隊長としての職務。

もう一つは、瀞霊廷通信《せいれいていつうしん》の編集長だ。

瀞霊廷通信とは、瀞霊廷全土、時には流魂街の一部にまで出回る公共機関誌であり、基本的に九番隊がその管理を行っている。

本来は同じ隊士の業務として扱《あつか》うべきものだが、あまりにも本来の死神の業務と仕事の質が違う為《ため》に、実質的に副業のようなものとして世間に認識されていた。

数百年前までは瓦版《かわらばん》とでも呼ぶべき簡易《かんい》な触《ふ》れ書《が》きだったのだが、東仙要《とうせんかなめ》が隊長となった代から、現世の印刷技術に合わせて急速にその形態が進歩する事となる。

東仙の生真面目《きまじめ》な気性《きしょう》ゆえか、隊長自《みずか》ら編集を務《つと》めるようになり、今では多くの連載記事、あるいは隊長達が自ら執筆するエッセイや小説などを載《の》せた一大情報誌として瀞霊廷に広まっていた。

そして現在、東仙が尸魂界《ソウル・ソサエティ》を去った後は副隊長であった檜佐木がその責任者となっている。

本来は隊長に返り咲いた六車拳西《むぐるまけんせい》が編集長となるべきなのだが、本人は『俺の時は隊士連中に任《まか》せてたからな……。正直、柄《がら》じゃねえ』と檜佐木に丸投げし、現在も檜佐木が責任編集者として編集活動を続けていた。


「で？　わざわざ瀞霊廷通信の編集長様が、おれに何の用だってんだ？」

とある住居の戸口に、訝《いぶか》しげな女性の声が響《ひび》く。

「何って、もちろん取材ですよ」

檜佐木がそう答える相手は、広い流魂街の中で明確な顔役の一人と言える存在の花火師、志波空鶴《しばくうかく》だ。

「なんだよ、うちの新しいオブジェの事か？　参《まい》ったな。ありゃ見世物じゃねえんだが」

言葉とは裏腹に自慢げな表情で目を向けるのは、今しがた檜佐木が潜《くぐ》ってきた旗持ちオブジェの石像である。

厳《いか》つい男を模《かたど》った巨大な像が二体並び立ち、珍妙なポーズで『ようこそ志波空鶴邸《てい》へ』

と書かれた横断幕を掲《かか》げていた。

「いや……まあ、一部じゃ確かに話題になってますけど」

「なんなら、次の瀞霊廷通信の表紙にすっか？」

「……ま、一応企画には上げときますよ」

無難な答えを返した檜佐木は、半分誤魔化すように本題を切り出す。

「空鶴さんには、霊王護神大戦《れいおうごしんたいせん》の回顧録《かいころく》の作成に協力して頂きたいんです」

「ああ？　回顧録って……まだ半年経《た》つか経たねえかってとこだろ？」

「だからこそ、今の内に正確な記録を残しておきたいんですよ」

志波空鶴は表も裏も花火師であり、零番隊《ゼロばんたい》との関《かか》わりなどは全《すべ》て『副業』と公言していた。それ故《ゆえ》に、立場上は九番隊副隊長である檜佐木の方が上なのだが、空鶴には不思議と大物じみた空気があり、副隊長の多くは彼女に敬意を払った接し方をしている。

実際、今でこそ没落しているものの、志波家はかつて何人もの席官《せきかん》や隊長格を生み出した家柄《いえがら》であり、朽木《くちき》家や四楓院《しほういん》家と並んで『五大貴族』と称された程《ほど》の名家だった。

更《さら》に言うならば、目の前にいる志波空鶴本人もかなりの強者《つわもの》である。

瀞霊廷の屈強な門番の一人を鬼道《きどう》だけで撃ち倒した事もあると聞いており、檜佐木の目には彼女が単なる花火師ではなく、尸魂界《ソウル・ソサエティ》の底の知れぬ実力者として映っていた。

そんな彼女の元に彼が訪れたのは、言葉通り瀞霊廷通信の取材の為である。

現在発行体制の問題で休刊している瀞霊廷通信だが、戦後の復興の様子《ようす》を広く民衆に伝える為、簡易版が少部数各地に配られていた。戦後から一周年の日に正式復刊する事を目標として、少しずつ足場を固めつつあったのである。

すると、来《きた》るべき復刊一号への希望として、『教えて！　修兵先生!!』という自分のコーナー宛《あ》てに、多くの読者から『霊王護神大戦』についての詳細《しょうさい》を求める声が届き始める。

『教えて！　修兵先生!!』は瀞霊廷通信の中にある、檜佐木が読者の疑問に答える不定期連載ページだ。

とはいえその人気にはムラがあり、需要がある度《たび》に復活はするものの、再開してから僅《わず》か数回で打ち切られる事もある不安定な企画である。

だが、瀞霊廷の人々は未《いま》だに戦争の全体像が摑《つか》めておらず、本当に戦争は終結したのか、二度とこうした事は起こらないのかといった不安に囚《とら》われているようで、その払拭《ふっしょく》を公共機関誌である瀞霊廷通信に求める節《ふし》はあった。

実際、『教えて！　修兵先生!!』に限らず、雑誌そのものに対して戦争の全貌《ぜんぼう》を説明して欲しいという意見が多かったのだが、檜佐木はそれらも全て自分のコーナーへの要望として取《と》り扱《あつか》う事にしたのである。

これは瀞霊廷通信に課せられた大仕事だ。一般隊員に任せっぱなしにするわけにはいかない。瀞霊廷通信の復刊第一号に合わせた『教えて！　修兵先生!!』の復活連載という形で、自らが情報の手綱《たづな》を握《にぎ》らねばならないのだ。

そんな意気込みを持った檜佐木は、自らの足で映像庁や技術開発局、四番隊の特別救護班などの取材に駆け回る日々を送っていたのだが、思うように情報は集まっていなかった。

あの戦争の全体を俯瞰《ふかん》して見る事ができていた者は、実質的に一人も存在しないだろう。

果たして、一体何人の話を総合すればその領域に近づけるのだろうか？

そんな疑問が檜佐木の頭を過《よ》ぎる。

最も広く戦場を見渡していたであろう男——ユーハバッハは、既《すで》に黒崎一護《くろさきいちご》の手によって葬《ほうむ》られている。

ならば、自らの足で戦争の断片を拾い集めるしかないだろう。

各地で死神達が如何《いか》にして戦い、勝利したのかを広めれば、復興に臨《のぞ》む人々の希望となる筈《はず》だ。

尸魂界《ソウル・ソサエティ》は今、戦後復興という新《あら》たなる戦いに足を踏み入れている。

そんな時だからこそ、人々は自分達が安堵《あんど》できるだけの『情報』を求めているのだ。

「……つまり、ここから先は俺にしかできない戦いってやつっすよ！」

気合いを入れて事情を説明した檜佐木に、空鶴は腕組みしながら言葉を返した。

「厳つい三白眼《さんぱくがん》を耀《かがや》かせてるところ悪《わり》ぃが、話せる事なんて殆《ほとん》どねえぞ？　おれはただ、零番隊の連中と一護達を打ち上げただけだからな」

男勝《おとこまさ》りの乱暴な口調だが、不思議と芯《しん》の通った声色《こわいろ》。

それだけで、檜佐木はなんとなく『ああ、これは本当に話す事が殆どないのだろう』と判断した。過去を語りたがらないというよりも、ただ「自分はやるべき事をやった」と、日常の一部として全てを受け入れているような雰囲気を醸《かも》し出《だ》している。

「まあ、今日は御挨拶《ごあいさつ》だけって事で、また伺《うかが》います」

「何度来られても面倒だし、てめぇら死神の喧嘩《けんか》についておれがどうこう言うのも筋が違うからよ、話なら弟の岩鷲《ガンジュ》に聞け。あいつは一護達と一緒に霊王宮《れいおうきゅう》まで乗り込んだから、ちったぁ話せることもあんだろ」

「！　……霊王宮に？」

志波岩鷲といえば、かつて朽木ルキアの処刑騒動の際、一護達と共に旅禍《りょか》として現れた男だ。何故《なぜ》流魂街の人間が霊王宮まで行ったのか、戦争の終盤に戦線離脱していた檜佐木には初耳の事実である。

——そういや、黒崎達の周《まわ》りがどうなってたかは、まだ取材してないんだよな……。

最も戦争終結に深く関わった一護達には当然ながらインタビューをすべきだろう。しかし、彼らは尸魂界《ソウル・ソサエティ》ではなく現世《げんせ》の住人だ。取材のためにわざわざ現世に行くには、総隊長から許可を得なければならない。

——総隊長の許可は貰《もら》えると思うが、黒崎ってそういうの協力してくれんのかな……。

あんまり自分の事を細《こま》かく喋《しゃべ》る奴《やつ》には見えねえが。

いざとなれば一護の近所に住んでいるらしい井上《いのうえ》か茶渡《さど》に話を聞こうと考えつつ、檜佐木は一度志波邸を後にする事にした。

「解《わか》りました、まずは弟さんにお話を伺います」

「おう、岩鷲なら、またイノシシ乗って西流魂街ぶらついてるだろうからよ。適当に探せばすぐに見つかると思うぜ？　騒がしいバカだから、見りゃ一発で解る筈だ」

「ええ、騒動の度にちょくちょく顔を見かけてるんで大丈夫ですよ」

ダイナミックな人捜《ひとさが》しのアドバイスを受けた檜佐木は、空鶴に一礼をして花火の発射台付きの家に背を向けた。

そして、少し先の道端に停《と》めた自分の乗り足《 》物の近くまで来た時、檜佐木は気付く。

わざわざ霊子《れいし》化《か》して現世から取り寄せた『それ』の周りに、数人の男達が集まっている事に。そして、その男達が、ただの流魂街住民とは思えぬ程に濃密で、尚《なお》かつ死神や滅却師《クインシー》とも違う性質の霊圧《れいあつ》をその身に宿《やど》しているという事にも。

「……なんで、こんなとこにカワサキのZ—Ⅱがあるんだ？」

肩の辺《あた》りまで伸びる髪をオールバックに流した男の言葉に、横にいた長身の青年が肩を竦《すく》める。

「さあ？」

男達の眼前にあるのは、真紅《しんく》の塗装《とそう》が特徴的な現世のバイクだ。

死して流魂街に来た自分達は、周囲の文化レベルが平安《へいあん》から江戸《えど》時代といった雰囲気に馴《な》れてしまっている。現世と比《くら》べて大きな文化改革が起こらなかったせいか、着物から建築物まで割と時代を感じさせるものが多く、自動車の類《たぐい》などは尸魂界《ソウル・ソサエティ》に来てからこの瞬間まで見たことがない。

すると、彼らの後ろに立つ、右目を黒い布眼帯で覆《おお》った紳士風の男が、そのバイクを興味深げに眺《なが》めて口を開いた。

「ふむ……物質の魂《たましい》を操る我々《あやつ》完現術者《フルブリンガー》であろうと、魂葬《こんそう》を経《へ》てこちらに持ち込める物は身体《からだ》の一部と言える服や道具だけという話でしたが……。あるいは、人馬一体とでも言うべき水準で二輪車を愛した者がいるのかもしれませんな」

「ガソリンとかどうしてんだ？」

「尸魂界《ソウル・ソサエティ》じゃ基本的に石油は産出しないって話だからね。代わりに燃料になるものも、殆どは瀞霊廷の技術局や貴族達に回されるらしいよ」

「って事は、この単車もどっかの貴族のお戯《たわむ》れって事か？」

青年の語る尸魂界《ソウル・ソサエティ》の様相を聞いて、オールバックの男は顔を僅かに曇《くも》らせる。

そんな彼の背後から、推測を否定する言葉が投げかけられた。

「そいつは俺が給金貯《た》めて買ったもんだ。まあ、戯れと言われりゃそれまでだがな」

現れた第三者——檜佐木の方を振り返り、オールバックの男が目を細める。

「……ほう。ここじゃ珍しい単車の音がしたと思って来てみりゃ、まさか死神と面《つら》を合わせる事になるとはな」

振り返った男の顔を見て、檜佐木は眉《まゆ》を顰《ひそ》めた。

その顔は、少し前まで何度も『死神を殺す危険人物』として護廷十三隊《ごていじゅうさんたい》の間に出回っていた人相書きに良く似ていた。

檜佐木は直接は見ていないが、現世で一護に討《う》たれた彼の遺体が尸魂界《ソウル・ソサエティ》に存在していた事もある。

「銀城空吾《ぎんじょうくうご》……」

初代死神代行であり、その後離反《りはん》し、追撃にあたった死神達を幾人《いくにん》も屠《ほふ》った男。

その遺体は黒崎一護の要望で現世に埋葬《まいそう》されたとの事だが、当然ながら魂魄《こんぱく》は別の話だ。

彼らも現世に生きていた人間であるが故に、その遺体から抜け出した魂魄はこの流魂街に流れ着いていたのだろう。

「おっと、こいつは光栄だな。副隊長の腕章つけた奴に顔を知られてるとは」

檜佐木の死覇装《しはくしょう》に袖《そで》はないが、公的な場に出る時は腕にサラシを巻いてその上から腕章を括《くく》り付《つ》けていた。

その腕章を見ながら不敵に笑う銀城に、檜佐木は声を低くする。

「地獄には落ちなかったと噂《うわさ》で聞いちゃいたが……なんで、てめえがこんな所にいる？」

「やれやれ、初対面でそんなに睨《にら》むこたぁねえだろう？　俺がお前に何かしたか？」

「すっとぼけやがって……てめえが死神や黒崎に何をしたか、忘れたとは言わせねえぞ」

目を細めながら、檜佐木はかつての死神代行だった男を睨《ね》め付《つ》けた。

すると、銀城もまた目を細め、不敵な笑《え》みを檜佐木に向ける。

「だからどうした？　土下座して詫《わ》びろとでも言うつもりか？　言っとくが、俺は黒崎一護に義理はあるが、お前ら死神の味方になったつもりはねえし、敵に回った事を後悔しちゃいねえぞ」

「てめえ……何を企《たくら》んでやがる」

「はッ。何か企んでるように見えるか？　だったら、俺をどうするってんだ？」

銀城が鼻で笑うのと同時に、横にいた長身の青年が、手にしていた本を閉じてその隙間《すきま》から一枚の栞《しおり》を取り出した。

「やめとけ、月島《つきしま》」

「いいのかい？　今にも斬《き》りかかってきそうな顔をしてるけど？」

涼やかな表情でそう語るのは、月島と呼ばれた男だ。

その名を聞き、檜佐木は更に警戒を強める。

「月島……確か、黒崎の過去を滅茶苦茶《めちゃくちゃ》にした野郎だったな」

すると、当の月島はシニカルな笑みを浮かべて檜佐木を見た。

「酷《ひど》い物言いだね。彼本人の過去は変えていないよ。ああ、この前、少しばかり刀の手入れはしてあげたけどね」

「…………？」

言葉の意味が解らず、檜佐木は訝《いぶか》しげに月島を見た。

その様子を見た布眼帯の紳士が、溜息《ためいき》を吐《つ》きながら口を開く。

「銀城さん、どうやら彼は貴方《あなた》がたが黒崎一護に助勢した事を御存知無いようですが？」

「助勢だと？」

——そういや、阿散井《あばらい》が『意外な助け船があった』とか言ってたような気がするが……。

——ちッ。そっちの取材を先にしとくべきだったか。

この半年の間、檜佐木は屍人《しにん》状態の治療を行っていた六車の代わりに、九番隊の隊長代行として身を粉《こ》にして働いて来た。

それ故に、六車が復帰するまでは細かい取材にまで手が回っていなかったのである。

身内の取材ならいつでもできようと後回しにした自分の判断を後悔する檜佐木を余所《よそ》に、銀城は眼帯の紳士に対してつまらなそうに言った。

「助勢なんて大層なもんじゃねえよ。借りを少しばかり返しただけだ」

余裕を見せたまま会話をする三人を見て、檜佐木は思う。

——俺一人で、こいつら三人に勝てるか？

——この眼帯の奴は知らねえが、恐らく銀城の仲間だろう。

――能力が解《わか》らねえな……他の奴の話なら斑目《まだらめ》や日番谷《ひつがや》隊長から聞いたんだが……。

噂に聞いた、『更木《ざらき》剣八《けんぱち》が一撃で斬り捨てた相手』というのがこの男の事だろうか？

檜佐木はそう考えたが、更木剣八が一撃で倒せたからといって弱いと判断する程彼は間抜けではない。剣八という存在の前では、狼《おおかみ》も子犬も大した差は無いという事を檜佐木も良く知っているからだ。

だが、どのみち目の前にいるのは、かつて護廷十三隊の隊員達を屠った『敵』である。

黒崎一護はどうやら彼らを許したようだが、それとこれとは話が別であり、一人の死神として到底見過ごせる相手ではない。

そう判断した檜佐木は、まず相手の目的を探るべく、警戒を強めながら会話を続ける事にした。

「なんで死神を……浮竹《うきたけ》さんを裏切った？」

すると銀城は、眼の奥に宿っていた暗い色を一瞬薄れさせ、驚きと呆《あき》れが入《い》り交《ま》じった顔で口を開く。

「……驚いたな。今更《いまさら》それを死神が聞くのか？」

「確かに、浮竹隊長が代行証《だいこうしょう》を使っててめえを監視してたって事は聞いた。だが、それだけで護廷十三隊全員を敵に回す程の事か？　確かに面白くはねえだろうが、気付いた時点で浮竹さんに抗議すりゃいいだけの話だろうが」

「……気付いた時点で、か」

銀城はそう呟《つぶや》くと、暫《しば》し沈黙する。

そして、次の瞬間、滑稽《こっけい》なピエロの芸を見た時のように笑いだした。

「ハッ……そうかよ。惚《とぼ》けてるようにゃ見えねえな。ってことは、副隊長レベルでもその程度の認識って事か」

「何の話だ？」

「良く解ったって話だ。お前が何も解っちゃいないって事がな」

そこで笑みを消し、胸元に下げた十字のペンダントを弄《いじ》り始める。

檜佐木はそのペンダントに何か嫌《いや》な霊圧の揺らぎを感じ、一歩下がって自らの斬魄刀《ざんぱくとう》に手を伸ばした。

互いに距離をとり、一触即発の空気が周囲に満ち——

次の瞬間、その空気は獣《けもの》の嘶《いなな》きと地響きによって粉々に撃ち砕かれた。

嘶きに意識を向けると、近隣にある村の方角から、軽自動車程もある巨大なイノシシが疾走《しっそう》してきて、相対《あいたい》する檜佐木と銀城達の間に向かって突っ込んで来たのである。

イノシシは彼らの手前で急激に速度を緩《ゆる》め、結果としてその背中に乗っていた『彼』が檜佐木と銀城の間の草地に頭から突っ込む結果となった。

「ぶほぁッ⁉」

地面に激突しながら滑稽な悲鳴をあげた男は、そのままよろよろと立ち上がると、自らが跨《また》っていたイノシシに向かってサムズアップしながら声をあげる。

「へッ……、流石《さすが》だな。今日《きょう》もイカした風だったぜボニーちゃん！」

そう言う男を無視するかのように、イノシシは風のような勢いで地の彼方《かなた》へと駆け去って行った。

突然の喜劇めいたやり取りに檜佐木が目を丸くしていると、イノシシを見送っていた男がこちらを向いて威勢の良い声で喋りだす。

「おうおうおう！　どうした手前《てめえ》ら！　揉《も》め事《ごと》か？」

「なんでもねえよ、岩鷲。世間知らずの死神をちょいとからかってただけだ」

銀城に『岩鷲』と呼ばれた厳つい顔の男が、呆《あき》れ顔《がお》で続ける。

「死神と揉めただぁ？　ったく、死神が憎いってのは解るが、いらねえ騒動起こすんじゃねえよ！　過去を流せたぁ言わねえが、いきなり正面から喧嘩を売るなんざ粋《いき》じゃねぇぜ」

それを聞いた眼帯の紳士が、首を傾《かし》げながら問い掛けた。

「はて？　空鶴殿《どの》のお話では、貴方と黒崎さんの出会いは子供じみた喧嘩だったと聞いておりますが」

「ぐッ……！　姉ちゃん、余計な事を！」

つい先刻見た旗持ちオブジェと同じ顔をした男が、そう言って顔をしかめる。

紛《まぎ》れもない尋《たず》ね人《びと》本人——志波岩鷲を前にして、檜佐木は困ったように眉を顰めた。

「タイミングがいいんだか悪いんだか……」

「ああん⁉　なんだぁ手前！　……って、あんた確か、何番隊だかの副隊長の……副隊長の……ひ……ひさ……」

「…………」

気まずい沈黙の後、岩鷲は力強く頷《うなず》き、イノシシに向けたものと同じ笑顔で檜佐木にサムズアップする。

「……ひさしぶりだな！　副隊長！　朽木ルキアの知り合いの副隊長！」

「あと一文字ぐらいがんばれよ！　檜佐木だ！　九番隊の！　檜佐木修兵！」

叫ぶ檜佐木の横で、銀城が溜息を吐きつつペンダントから指を放した。

「なんだ、お前ら知り合いかよ」

すっかり緊迫した空気が壊れた事を確認したのか、月島も再び本を開いてその中身に目を向けている。

「……おい、志波岩鷲、どういう事だ？　こいつらがどういう奴らなのか、お前や空鶴さんは知ってるのか？」

「当たり前だろ？　知ってるも何も、こいつらは姉ちゃんが見つけて連れてきた居候《いそうろう》だ」

「居候……？」

何がなんだか解らぬ檜佐木を余所に、銀城達は一足先にこの場から離れようとしていた。

だが、それを目ざとく見つけた岩鷲が、謎《なぞ》の大上段目線で引《ひ》き留《と》める。

「おいおい、何処《どこ》行くんだお前ら！　この副隊長の兄ちゃんと何があったのかは知らねえが、俺様の目の黒いうちは死神と志波の身内に変な遺恨《いこん》なんざ残させやしねえぞ！」

面倒臭《めんどうくさ》そうに振り返る銀城達と呆《ほう》けた表情の檜佐木に対し、岩鷲は自信に満ちた顔で朗々《ろうろう》と解決策を口にした。

「なあに、悪いようにゃしねえよ。この自称・『西流魂街の深紅《しんく》の弾丸』にして、自称・『西流魂街のアニキと呼びたい人』十七年連続ナンバーワン！　そして自称・『元・西流魂街一の死神嫌い』のガンジュ様に任しとけって！」

一人でテンションを上げている岩鷲。

既に知り合いである銀城達に対して謎の名乗り口上を吐き出す彼にどう反応していいのか解らず、檜佐木は半眼になりながら、かろうじて理性的な言葉を吐き出した。

「最後の……『元』なら別に自称する必要ないんじゃねえか……？」

そして、長年死神を続けて来た経験が、彼の脳裏《のうり》に嫌な予感を覚えさせる。

――まずいな。

――なんか、面倒な流れに巻き込まれてねえか？　俺……。

≡

数時間後　瀞霊廷　一番隊舎《たいしゃ》

「面倒な事になってきたねぇ、どうも」

京楽《きょうらく》総隊長の口から吐き出されたその言葉に、彼の眼前にいた副隊長の二人――伊勢《いせ》七緒《ななお》と沖牙源志郎《おききばげんしろう》が僅かに視線を交錯《こうさく》させる。

半分口癖となっている言葉を口にした京楽だが、その声色から、副隊長である七緒と沖牙は感じ取ったのだ。

聞き慣れた者にしか解らぬ程度の差異ではあるが、今の総隊長の呟きは、本当に何か不味《まず》い事が起こった時の声色だったと。

「如何《いかが》なされたのですか、総隊長」

七緒の言葉に、京楽が大きく溜息を吐き出した。

「ああ、ごめんごめん、不安にさせちゃったかい？　震えを止めたければボクの胸に飛び込んできてくれてもいいんだよ？」

「真面目に尋ねています、総隊長」

「……うん、まあね。さっき、七緒ちゃんが来る前にさ、ナユラちゃんが護衛を連れて僕の所に来てね。四十六室《しじゅうろくしつ》からの正式な通達と依頼があったんだよ」

「阿万門《あまかど》ナユラ様が、直接ですか？」

ナユラの事は七緒も知っている。

尸魂界《ソウル・ソサエティ》において、霊王《れいおう》の代弁者として死神達を導《みちび》き、時には裁《さば》きを与える最高司法機関、中央《ちゅうおう》四十六室。

阿万門ナユラはその構成人員の中で最年少の存在であり、見た目はまだ十歳前後にしか見えない少女である。

だが、見た目以上に長く生きている彼女の辣腕《らつわん》は京楽や七緒も認めており、彼女を中心として貴族第一主義だった中央四十六室は徐々に変わりつつあった。

死神達の現状と四十六室の間にあった意識格差が、彼女や京楽の働きかけによって徐々に埋まりつつある。少なくとも七緒はそう感じており、バランスの問題はあるが、このまま貴族達と現場の死神、あるいは平民《へいみん》や流魂街の住民全てにとって司法が良い形に落ち着く事を期待していた。

七緒からすれば、京楽には四十六室の人間を「ちゃん」付けで呼ぶ事は控《ひか》えて欲しかったのだが、時折平民のフリをして視察に来るナユラとの付き合いの方が多い為、自分もうっかり『ナユラさん』と呼んでしまいそうになる。

そんな四十六室の少女の名を口にした京楽は、やや影のある表情で溜息を吐いた。

「この前、四大貴族の間でかなり厄介《やっかい》な事件が起こってね。それは聞いてると思うけど」

「はい。綱彌代《つなやしろ》家に暗殺者が侵入して、当主を殺害した件ですね」

四大貴族の当主とその一族が惨殺《ざんさつ》されたという事は、平時ならば瀞霊廷そのものを揺るがす大事件だ。だが、ただでさえ戦後の混乱が治《おさ》まりきっていないという事もあり、表向きは『戦争時の心労で身体を壊し、流行病《はやりやまい》で亡《な》くなった』という形で布告《ふこく》されている。

だからこそ、事件の子細《しさい》は一部の上層部にしか知らされておらず、護廷十三隊の中でも事の成《な》り行《ゆ》きを把握《はあく》しているのは京楽総隊長やその副官、そして隠密機動総帥《おんみつきどうそうすい》の砕蜂《ソイフォン》を始めとする僅か数人のみとなっていた。

「まあ、涅《くろつち》隊長とか夜一《よるいち》ちゃんは独自のルートで知ってるんだろうけどねえ。寧《むし》ろ、その後の事は彼らの方がボクより先に知ってるかもしれない」

「……という事は、その後の当主継承《けいしょう》について、何か問題が？」

「ナユラちゃんから大まかな話は聞いてたんだけど、貴族の身内の揉め事は管轄外《かんかつがい》だからねぇ。護廷十三隊じゃなく、金印《きんいん》貴族会議の範疇《はんちゅう》さ。……少なくとも、今はね」

含みのある言い方をする京楽に対し、七緒がその意図《いと》を理解し目を細める。

「今は、という事は、後に護廷に関わる事態になると？」

「そうならないといいんだけどねえ」

どこか憂《うれ》いのある表情で答えた後、京楽は中央四十六室からの通達書を見ながら言葉を続けた。

「ああ、あと、六車君と檜佐木君を呼んでくれないかい？」

「九番隊ですか？」

「檜佐木君だけでもいいんだけどねえ。事が事だけに、一応隊長にも状況を把握しておいて貰った方がいいと思ってさ」

≡

同時刻　志波空鶴の屋敷

「でよ！　急に石像とか湧かなくなったなと思ったら、一護の野郎、なんか俺達の後ろから現れやがんのよ！　『悪《わり》ぃ、先に下に降りちまってたから迎えに来た』ってよ！　俺様とチャドで『一護の帰り道を用意してやる』なんて張り切ってたのによ！　帰りも何も一足先に瀞霊廷まで降りてたってどういう事だよ⁉」

空鶴邸の地下にある客間。

その中央では、酒を呷《あお》りながら檜佐木に愚痴《ぐち》を聞かせる岩鷲の姿があった。

「そりゃよ⁉　チャドの奴は『一護は進む道しか見えていない』って言ってたよ⁉　だけどな、まさかあんな形で実感させられるとは思わなかったぜ畜生《ちくしょう》！」

「ああ……まあ、大変だったんだな」

「チャドの奴もチャドの奴だよ！　あんな空気の中で一護に対して開口一番、『そうか……終わったんだな』っていい顔で笑いやがって！　あれじゃ先にベラベラ文句たれてた俺が心の狭《せま》い野暮天《やぼてん》みてぇじゃねえかよゴファラッ⁉」

台詞《せりふ》の途中で背後から蹴《け》りを喰《く》らい、顔面から床に叩《たた》きつけられる岩鷲。

そして、蹴りを放った当人である空鶴が、突《つ》っ伏《ぷ》した弟の背中を踏みつけながら言った。

「ギャーギャー喚《わめ》くんじゃねえよ！　実際小せえだろうがテメェの肝《きも》っ玉《たま》は！」

「痛いし酷いッ⁉　だって姉ちゃん！」

「だってもクソもねえ！　テメエ……数年かけて最後まで前線で戦えるように鍛《きた》えてやったってのに、ツレとはぐれて道に迷ってたってどういう事だ……？」

「道に迷った話は誰から聞いたんだよ⁉　さては一護だなあの野郎アイテテテテ！　やめて姉ちゃん⁉　背骨が砂になる！　砂になるから！」

悲鳴を上げる岩鷲と、そんな弟を容赦《ようしゃ》無く踏みつけ続ける空鶴。

そんな二人にどう対応して良いのか解らず、檜佐木は困ったように自らも酒を呷った。

檜佐木はその最中、視界の端に座る銀城にも目を向ける。

先刻、『酒でも飲んで遺恨は流せ』という岩鷲の無理矢理な誘いによってこの客間まで通された檜佐木だが、とりあえず銀城達と岩鷲の関係について問《と》い質《ただ》した所、いつの間にか酔いが回っていた岩鷲の愚痴を聞かされるハメになっていた。

ちなみに月島は酒席には加《くわ》わらずに部屋の隅《すみ》の壁に寄りかかりながら本を読んでおり、ここに来る途中で沓澤《くつざわ》ギリコと名乗った布眼帯の男は、『つまむ物でも用意しましょう』と言って志波家の厨房《ちゅうぼう》に引っ込んでいる。

「ていうか、銀城も月島もおかしいだろ⁉　聞いた話じゃ、俺らを飛び越えて一護の所に行ってたってどういう事だよ⁉　ずるくない⁉　なあ、ずるいよな⁉」

姉の足から解放された岩鷲が、愚痴の矛先《ほこさき》を銀城へと変更した。

銀城は涼しい顔で岩鷲の言葉を受け流し、優雅《ゆうが》な調子で酒を呑《の》みながら肩を竦める。

「俺達は雪緒《ゆきお》とリルカの能力で直接移動したからな。こっちはこっちで結構ヤバイ橋を渡ってたんだぜ？」

「雪緒とリルカ？」

檜佐木の呟きに対し、銀城は目を逸《そ》らしながら口を開く。

「ああ、現世で連《つる》んでた連中さ。あいつらは俺らと違って死んじゃいねえが、黒崎を助けにわざわざこっちに来たんだとよ」

「黒崎を……？」

瀞霊廷通信の編集者としては、その辺りの詳細を根掘り葉掘り聞きたい所ではあったが、銀城への警戒心が中々それを許さない。

すると、そんな檜佐木の様子を見た空鶴が声をあげた。

「しみったれた面《つら》して呑んでんじゃねえよ。さっきも言ったろ？　その居候どもの事はおれも岩鷲も納得してんだ。後ろからぶった斬られたとしても恨みゃしねえよ」

「でも、そいつらは……！」

「浮竹にも話は通してある」

「えッ……？」

抗議の声を喉《のど》の奥に呑み込んだ檜佐木に、空鶴は言葉を続ける。

「ま、今となっちゃ、それを証明する事もできやしねえがな」

「……待ってくれ。じゃあ、銀城も浮竹さんに会ったのか？」

檜佐木が銀城の方に目を向けると、彼は空《から》になった杯《さかずき》を手の中で転がしながら言った。

「俺は会っちゃいねえよ。正直、ここに厄介になるまでは会うつもりもなかった」

「今は違うってのか？」

「さてな。仮に会った所で、殺し合いになってたかもしれねえぞ？」

「だから、なんでそこまで……」

初代の死神代行である銀城と浮竹の間に一体何があったのか。

少なくともそれが解らぬうちは警戒を解くわけにはいかない。

いや、たとえどのような理由があろうとも、目の前の男が死神を殺した敵なのだという事実に変わりはない。

しかし、と、檜佐木は小さな迷い――あるいは怖《おそ》れを胸に抱《いだ》く。

ここでただ刃《やいば》を交《まじ》えて銀城を斬る事ができたとして、それは護廷十三隊の責務として死神の敵を撃ち倒したと言えるのだろうか？　東仙隊長の復讐を止めようとした自分が、感情に任せて刃を振るうのは間違いではないのか？

檜佐木の頭の中に、半年前の藍染《あいぜん》の言葉が蘇《よみがえ》る。

――『君が抱いているものは憎しみではない。消え去った東仙要とその足跡《そくせき》に対する感傷に過ぎない』

あの物言いはある意味、正しいのかもしれない。

自らの刃に感情を欠片《かけら》も乗せていないかと問われれば、否《いな》と答えを返すだろう。

しかし、ここで銀城をただ見逃《みのが》すというわけにもいかない。藍染の言葉などに惑《まど》わされ、自分の刃の使い方すら見失ってしまっては本末転倒だ。

己《おのれ》の中に迷いと怖れがある事を認識した檜佐木は、逆に心に冷静さを取り戻す。

表情から感情の色を消し、瀞霊廷の敵を見極《みきわ》める護廷十三隊の一員として、改めて銀城空吾という男に向き直った。

「……いや、確かに俺は何も知らねえ。だからこそ、教えてくれ。死神は……俺達は、初代死神代行のあんたに対して何をした?」

その様子を見た銀城は、僅かな驚きに片眉を顰め、杯を卓上に置いて答える。

「なるほどな、確かに、副隊長の座にいるだけの事はあるってわけだ」

興味深げに笑う銀城だが、少しの間を置き、ゆっくりと首を左右に振った。

「……真面目に向き合ってくれた事には感謝するぜ。だけどな、俺の口から何を言ったところで、『危険人物』の言う事を鵜呑《うの》みにする気もねえだろう? お前らの総隊長にでも話を聞いたらどうだ?」

「そいつはそいつでフェアじゃねえだろ。総隊長は嘘《うそ》をつく人じゃねえが、俺は一応ジャーナリストなんでな。両方の話を聞かなきゃ公平じゃねえ」

「死神の口からジャーナリストなんて言葉が飛び出すたぁな。そもそも、ジャーナリストが公平じゃなきゃいけねえ決まりはねえだろ」

「公正を第一とするのが、先代の編集長から続いてる方針なんでな」

その言葉を聞いた銀城が、クックッと笑う。

「お前は変わった奴だな。一見すると、ただの死神らしい死神にしか見えねえんだが」

「後半は褒《ほ》め言葉《ことば》と受け取っておくぜ」

「で？　俺が裏切った理由を話したとして、納得できなかったらどうすんだ？」

「解ってるだろ。その時は――」

覚悟をもって応《こた》えようとする檜佐木の言葉を、それまで黙っていた空鶴の声が遮《さえぎ》った。

「おれは居候と死神の確執《かくしつ》にまで口を出す気はねえけどよ。斬り合うなら表でやれよ？」

「……はい」

「解ってるよ、アンタに迷惑はかけねえ」

素直《すなお》に頷く檜佐木と、肩を竦めながら了承《りようしよう》する銀城。

緊迫しかけた空気が揺らぎ、数秒の沈黙を置いて銀城の口が開かれた。

「俺は、黒崎一護を騙《だま》してた事になるな」

「？　ああ、そうらしいな」

「月島に俺自身の過去を改変させたんだが……。その過去の中じゃ、完現術者《フルブリンガー》から虚《ホロウ》の力を排除するために協力してくれた半分死神の人間が居てな……。その半死神と昔の仲間達を月島に皆殺しにされた、って事になってたわけだ」

銀城のような完現術者《フルブリンガー》は、親が虚《ホロウ》に襲《おそ》われているという共通点がある。

それ故に、生まれ持って虚《ホロウ》の力が混じっており、それが完現術《フルブリング》という名の特異能力として発現するのだと檜佐木は聞いていた。

「で、元に戻った、オリジナルの過去ではどうだったかっていうとな……。そんな黒崎と同じような半分死神の奴はいなかった。敢《あ》えて言うなら、死神代行やってた俺がいたな。じゃあ、記憶にあった昔の仲間達を殺したのは誰だ？」

「……待てよ、そいつらも月島の改変した過去じゃ……」

「月島の能力……『ブック・オブ・ジ・エンド』は、月島自身を他人の過去に挟《はさ》み込《こ》む事だ。『思い出』や月島が関わった『結果』は差し込めても、存在しねえ人間を挟み込む事まではできねえよ。ちなみに、半死神だと思ってた奴は、実際は逆上した俺が斬った死神の一人だったたってわけだ」

「……まさか」

嫌な予感がして、檜佐木は唾《つば》を飲み込む。

部屋の隅では、月島が本から目を離して檜佐木と銀城の様子を窺《うかが》っている。

岩鷲も口を出せる雰囲気ではないと悟《さと》ったのか、黙って二人の会話を聞いており、空鶴は我関《かん》せずと言った顔だが、普段と違って静かに杯を呷っていた。

嫌な静寂《せいじゃく》が檜佐木の周囲を支配する。

そして、その静寂を殺したのは、暗い目をした銀城の言葉だった。

「俺の過去の仲間を殺したのは……死神だ。顔も知らねえ連中だったがな」

沈黙と冷たい空気が、再びその場に満ちようとする。

だが、それに呑まれまいとした檜佐木が、立ち上がりながら首を振った。

「待てよ……。じゃあ、それを浮竹さんがやらせたって言うのかよ！」

「さあな。だが、代行証の秘密はその時に気付いた。あとは、言わなくても解るだろ？」

「あッ……」

檜佐木の脳裏に、先刻の会話が思い出される。

──『気付いた時点で浮竹さんに抗議すりゃいいだけの話だろうが』

事情を知らぬとはいえ、自分の言葉が如何に的はずれだったかという事に気付き、慚愧《ざんき》の念に囚《とら》われた。

「そうか……。まだ話を鵜呑みにするわけじゃねえが……さっきは悪かったな」

「気にしちゃいねえよ。笑えたがな」

冗談交じりに言った後、銀城は更に話を続ける。

「霊王宮で黒崎に借りを返したあの日、俺は浮竹に会うつもりだったのさ。どこまでがあいつの命令だったのか、そもそも、最初から信用されてなかった俺はともかく、どうして完現術者《フルブリンガー》の仲間達が殺されなきゃいけなかったのかってな。だが、笑い話だぜ。最悪刺し違える覚悟で浮竹を探したら、もう、あいつは話ができる状態じゃなかった」

「それは……」

何か言おうとする檜佐木だが、言葉が上手《うま》く出てこなかった。

頭の中に、東仙が藍染に殺された瞬間の光景が蘇る。

あの時、最後に東仙は確かに檜佐木と言葉を交《か》わす事ができた。だが、互いに歩む道が再び交わろうかという直前に、藍染の手によって東仙は惨殺された——檜佐木もまた、永久に相手と言葉を交わす機会を失ったのだ。

そんな事を思い出していた檜佐木の表情を見て、銀城は舌打ちしながら溜息を吐く。

「ちッ……余計な事を言い過ぎたな。もう酔いが回りやがったか」

「待ってくれ。それが本当なら……」

言いかけた所で、檜佐木の懐《ふところ》にある伝令神機《でんれいしんき》が音を奏《かな》でた。

取り出して確認すると、そこには見慣れた召集通知が。

「……悪いな。一番隊から召集が掛かった」

「このタイミングで呼び出したぁ、まさか、お前も上に監視されてんのか？」

痛烈な皮肉を口にする銀城に、檜佐木は答えた。

「総隊長じゃなくて涅隊長ならありえるかもな……。だが、監視されてようがなんだろうが、俺はただ、自分の仕事を果たすまでだ」

檜佐木は席を立つと、最後に銀城に言い放つ。

「鵜呑みにしたわけじゃねえ。俺も死神だ。現世で同僚が理由もない虐殺《ぎゃくさつ》をしたなんて事は信じたくねえが……。こっちでもその話の裏は調べとくぜ。俺は死神であると同時に、瀞霊廷通信の編集長だからな。信用してくれていいぜ」

「…………」

「とにかく、話はまたそれからだ。それと岩鷲、また今度話聞かせてくれ。今度はこっちが酒を奢《おご》るからよ」

最後に空鶴へ一礼をすると、檜佐木はそのまま志波邸を去って行った。

遠くから響くバイクのエンジン音を聞き、それまで沈黙していた月島が本に目を向けながら声をあげる。

「珍しいね。銀城が自分から死神にあの話をするなんて」

「そうだな。俺もいよいよヤキが回ったか」

冗談めかして言った後、銀城は真剣な顔で虚空《こくう》を見つめる。

「まあ、真面目な死神なんだろうよ。如何にも護廷十三隊って感じのな。そんな奴が俺の話をまともに取り合うのかどうかと思っちまったか……いや、いなくなっちまった浮竹の代わりに、愚痴をぶつける相手が欲しかっただけかもな」

するとそこに、皿を持ったギリコが現れて言った。

「おや。つまみが用意出来たというのに、死神の彼は帰ってしまわれたのですかな？」

「ああ、時間厳守なんだろ。随分《ずいぶん》急いでたぜ」

「なるほど、それは素晴らしい。時の流れは現世も流魂街も瀞霊廷も変わらぬ絶対の法ですからな。仮にも『神』《フルブリンガー》を名乗る死神達ならば、それに従うのは当然のことです」

そんな会話をする完現術者達を余所に、岩鷲が珍しく静かに飲み続けている姉に尋ねた。

「なあ、姉ちゃんは実際の所、どう思ってんだ？」

「知らねえよ。言ったろ？　死神でもねえおれ達が口を出す話じゃねえ」

「……兄貴は、なんか知ってたのかな」

兄貴というのは、志波家が没落する前に浮竹の副官を務めていた志波海燕《カイエン》の事である。

彼の死と分家筋である志波一心《いっしん》の失踪《しっそう》により貴族の座を追われた形ではあるが、今でも兄の事は志波家の誇りであると岩鷲は考えていた。

既にいない兄の顔を思い出し、空鶴は杯に目を落としながら言葉を紡《つむ》ぐ。

「……さあな。死神は瀞霊廷を護《まも》るために外ばっか見てるもんだからよ」

「藍染の野郎もそうだが、死神ってのは、瀞霊廷そのものが生み出した悪党にゃ、色々と鈍感になっちまうもんなのかもな」

≡

半刻後《はんとき》　一番隊　隊首室

「おう、遅《おせ》えぞ修兵。どこまで遠出してたんだ？」

「すんません隊長、西流魂街の志波空鶴さんの所まで取材に」

「空鶴……？　ああ、海燕の妹か……」

檜佐木が隊首室に入ると、そこには既に九番隊隊長である六車拳西が待機しており、続いて反対側の扉から京楽が顔を出す。

「やあ、二人とも、忙しいところ悪かったねえ」

京楽総隊長が普段と変わらぬ調子で片手を上げるのを見て、六車が声をあげた。

「で？　何事だよ総隊長《春水さん》。九番隊《俺達》だけ呼ぶってのは、何か特別な理由でもあるのか？」

「ああ、まあねえ。瀞霊廷通信に関わる事でちょっとね」

「あん？　なら、なんで俺まで」

六車は九番隊の隊長ではあるが、雑誌の編集には全く関わっていない。

つい先日までゾンビ化した肉体を治療するために休養していた事もあり、ここ暫《しばら》くの瀞霊廷通信の現状すら把握していない状態だった。

「それがねえ。上の方から、直々《じきじき》に瀞霊廷通信で公布して欲しい事があるって話さ。だから、一応隊長であるキミにも話だけは通しておいた方がいいと思ってね」

「公布？　上ってのは零番隊か？」

「いや、中央四十六室の方だよ。正確には、その背後にいる貴族の人達って奴さ」

京楽はそう言うと、檜佐木に一瞬だけ目を向けてから話の続きを口にする。

「実はね、四大貴族の一つが、新しい当主に代替わりする事になったのさ。官庁街には既に話が通って形式上はもう新当主になってるんだけど、どうもその新当主のご要望で、自分の就任《しゅうにん》を広く尸　魂　界《ソウル・ソサエティ》に広めたいらしいんだ」

「なんだよ、いつもの貴族の我《わ》が儘《まま》か」

つまらなそうに六車が言う。

四楓院夜一という例外は居るものの、基本的に貴族達と自分の反《そ》りが合わない事は百も承知であり、内容も瀞霊廷通信に関わる事とあって六車は急速に話から興味を失いつつあった。一方で、檜佐木も今一つピンとこないという顔で話を続ける。

「はあ……。どのぐらいの規模でページをとります？　そもそも復刊第一号はまだ数か月先の予定ですし、霊王護神大戦を振り返る特集が始まるんで、そっちとの兼《か》ね合《あ》いが……」

「号外を出して欲しいそうだよ。流魂街にまで広く配って欲しいんだってさ」

「ご、号外って！　今すぐに発行体制を完全に整《ととの》えるとなると、とてもそんな予算……」

四大貴族の新当主就任というのは、それなりに大きなニュースではある。だが、霊王という最上位の存在が居るために、四大貴族にまつわる慶事《けいじ》や弔事《ちょうじ》でも号外まで出す事は滅《めっ》多《た》にない。

当然ながら想定外の予算が掛かる事もあり、流魂街にまで広く配布するとなれば、それだけで年間の費用が飛ぶ可能性もあった。

檜佐木は唸《うな》りながら何とか予算の中で製作費をやりくりする方法を考えていたが、そんな彼の肩に、京楽がポンと手を置いて微笑《ほほえ》む。

「安心していいよ。その費用は全てその貴族の家で持つそうだから」

「本当ですか！」

ならば、号外にかこつけて復刊の予告と通常版の定期購読層を広めるチャンスなのではと考え、檜佐木の脳内では先刻とは違う意味合いでの算盤《そろばん》が弾《はじ》かれ始めた。

だが――

そんな彼を現実に引き戻すかのように、そこで京楽の笑顔が曇《くも》る。

「それで、その貴族の新当主なんだけどね……」

「？　どうかしたんですか、総隊長」

「……綱彌代家の、時灘《ときなだ》って言えば……解るよね？」


ドクリ、と、檜佐木の全身の血管が大きく脈打った。

「綱彌代……時灘」

その名は、檜佐木も知っていた。

かつて道を違《たが》えてしまった東仙要をこちら側に引き戻すため、彼の事を少しでも知ろうと、檜佐木は一時期東仙の過去を深く調べた事がある。

東仙の親友が殺された事件の内容は凄惨《せいさん》であり、その時の夫は投獄はおろか、ろくに罰せられる事もなくのうのうと生き続けているという話だった。

「待って下さい。確か、その男は分家の末席の筈じゃ……」

「のし上がったんだよ。藍染が中央四十六室を虐殺した時や、この前の戦争のゴタゴタに乗じてね。その上、先週綱彌代家の当主とその周りの人間が次々と暗殺者に殺されてね」

「隊長」

それまで横で黙っていた七緒が声をあげる。

綱彌代家の暗殺騒動は箝口令《かんこうれい》が敷かれており、副隊長という立場とはいえ檜佐木に軽々と伝えて良いものとは思えなかったからだ。

だが、そんな七緒を手で制し、京楽は敢えて続く言葉を口にする。

「推測は言わないよ。ただ、その暗殺者達を一人で全滅させたのが綱彌代時灘で、その功績を以《もっ》て分家筋から昇格。本家の人間は都合《つごう》良く誰もいなくなった……って話さ」

前置きとは裏腹に、誰が聞いても『暗殺騒動の真犯人とその目的』が解るような流れだった。無論檜佐木も例外ではなく、話の最中に徐々に眉を顰めていった。

「ボクも彼の事は知っている。もう解っちゃいると思うけど、彼は、そういう事を平気でやる男だよ」

その言葉に、檜佐木だけではなく七緒や六車すら僅かな驚きを浮かべ、沖牙源志郎は深い沈黙を以て京楽の言葉に同意しているようにも窺える。

檜佐木や七緒が驚いたのは、今の言葉が、普段人の事を滅多に悪く言わない京楽の言動とは思えなかったからだ。

その様子に気付いたのか、京楽は自嘲気味《じちょうぎみ》な苦笑を浮かべて言葉を紡ぐ。

「やだなあ、ボクだって聖人君子《くんし》じゃないんだ。反《そ》りの合わない男の一人や二人いるってだけの話だよ」

そこで京楽は再び笑顔を消し、真剣な眼差《まなざ》しで檜佐木に問いを投げかけた。

「つまり、彼……綱彌代時灘の就任を祝う号外を出せっていう指示なんだけど。檜佐木君、……できるかい？」

三章

異変は、徐々に世界を蝕《むしば》みつつあった。

瀞霊廷《せいれいてい》の貴族街で起きた惨劇《さんげき》。

それは、ただの始まりに過ぎなかったのかもしれない。

奇《く》しくも、檜佐木修兵《ひさぎしゅうへい》が綱彌代時灘《つなやしろときなだ》の当主就任《しゅうにん》を知った日を起点として――

芽吹《めぶ》いた悪意は枝葉の如《ごと》き広がりを見せ、尸魂界《ソウル・ソサエティ》、現世《げんせ》、そして虚圏《ウエコムンド》へとその指先を伸ばしつつあった。

≡

瀞霊廷　四番隊舎《たいしゃ》

「…………」

四番隊舎の前に、気の弱そうな死神が一人。

彼はしきりに背後を気にしており、他の隊舎へと通じる大路《おおじ》の方を見つめていた。

「どうしたんですか、山田《やまだ》三席」

山田三席と声をかけられた気弱な青年——山田花太郎《はなたろう》は、隊舎から出て来た四番隊の隊員達に向き直る。

「え？　あ……すいません。大丈夫です！　……多分」

「いや、逆に不安しかないですけどね、その答え」

冷静な顔で言う席官《せきかん》の荻堂《おぎどう》の声に、花太郎はたどたどしく言葉を返した。

「ちょっと今、檜佐木副隊長が凄《すご》く怖《こわ》い顔して九番隊舎の方に向かってたから、何かあったのかなって……」

どこか怯《おび》えたように答えるその様《さま》は、気弱な新人隊員にしか見えない。

しかしながら彼は、四番隊の中でも指折りの治癒鬼道《ちゆきどう》——『回道《かいどう》』の使い手であり、気弱な所はあるものの、温和な人柄《ひとがら》が信頼されて四番隊三席の地位を任《まか》されていた。

もっとも、本人は自分が三席になれたのは元々三席だった伊江村八十千和《いえむらやそちか》が他の隊に異動したためだと考えており、『本来なら自分がいて良い地位ではない』というプレッシャーと戦いながら職務に臨《のぞ》んでいるのだが。

そんな彼の口から出た九番隊副隊長の名に反応したのは、花太郎とは対照的に大柄《おおがら》な四番隊員だった。

「檜佐木が……？」

「ああ、青鹿《あおが》さんは檜佐木副隊長と同期なんでしたっけ？」

荻堂の問いに、青鹿と呼ばれた死神が答える。

「ええ……今は会う事も少なくなりましたが。半年程《ほど》前に、友人の墓参りで顔を合わせて、あとは戦争の後に病室で会ったのが最後ですね」

荻堂よりも年季の入った外見をしているが、席官相手だからか敬語を使う青鹿。その言葉を聞いて、周囲に居た四番隊員達がざわめきだした。

「青鹿さんって檜佐木さんの同期だったんだ……」

「凄いな、エリートが多く出た時期だろ？」

「ああ、檜佐木副隊長の代から数十年の間に、阿散井《あばらい》副隊長、雛森《ひなもり》副隊長、吉良《きら》副隊長、そして何より日番谷《ひつがや》隊長といった隊長格が多く輩出《はいしゅつ》された世代だからな。異例の出世の早さだって、真央霊術院《しんおうれいじゅつぃん》でも語りぐさだったよ」

「うちに来て出世が早かったって言えば、山田三席もそうですよね？」

突然話を振られた花太郎は、三席なのにも拘《かか》わらず隊士達に頭を下げる。

「え、あの……。……ごめんなさい」

「なんで謝《あやま》るんですか？」

「いや、檜佐木さん達と比《くら》べて、ぼくだけ華《はな》がなくて四番隊のみんなに迷惑を……」

褒《ほ》められたにも拘わらず後ろ向きな事を言う花太郎に、荻堂が無表情のまま言った。

「何を言ってるんですか山田三席。貴方《あなた》も血筋と実力が伴《ともな》ったエリート中のエリートじゃないですか。浦原喜助《うらはらきすけ》さんも貴方の回道には一目《いちもく》置いてるって話ですよ？」

「畏《おそ》れ多《おお》くて実感が……。というか、浦原さんに関《かか》わるといつも酷《ひど》い目に遭《あ》うような気がしないでもないような……」

「ところで、そんな俺達の代表の山田三席にさっきからお客さんが来てまして、来賓室《らいひんしつ》でもう半刻《はんとき》以上待ってますよ」

「えッ⁉　さ、先に言って下さいよそれ⁉」

慌《あわ》てて隊舎の中に駆けていく花太郎を見送った後、荻堂はしれっとした顔で呟《つぶや》いた。

「すいません、間違いでした。来たのはつい今しがただからそんなに待っていません」

その言葉を聞いた隊士の一人が、呆《あき》れた顔で荻堂を窘《たしな》める。

「どのみち先に言わないと駄目《だめ》でしょ……。相変《あいか》わらず性格悪いっすね、荻堂さん」

「まあ、待たせちゃいけない相手ならちゃんと言うよ。……それに、性格の悪さなら、そのお客さんの方がだいぶ上だと思うけどね」

「？」

肩を竦《すく》めながら言う荻堂に、周囲の隊士達が首を傾《かし》げた。

そんな中、青鹿だけが、檜佐木が先刻走っていたという大通りの方角を見つめており、複雑な表情で独《ひと》り言《ごと》を口にした。

「怖い顔をしていた、か……」

戦争後、四番隊に重症の彼が担《かつ》ぎ込《こ》まれてきた時の事を思い出す。

生きているのが不思議なくらいの大怪我《おおけが》だった。

井上織姫《いのうえおりひめ》の力でなんとか一命を取《と》り留《と》めたが、その後の霊圧《れいあつ》の回復にはかなりの時間を要した。

青鹿は意識を取り戻した後の檜佐木に、それとなく問い掛けた。

『まだ、戦うつもりなのか』と。

同期であった蟹沢《かにさわ》の墓の前で再会した際、青鹿は何度も死に瀕《ひん》しながら戦い続ける檜佐木を『恐怖をはね退《の》けた』と評した。

だが、再び死に瀕している彼を見て青鹿は悟《さと》る。

何度はね退けても、最前線で戦う死神は恐怖から逃《のが》れる事はできないのだと。

檜佐木の強さは、終わり無き恐怖とせめぎ合いながら生き続ける覚悟にあると。

故《ゆえ》に相手の答えは解《わか》っていたが、それでもなお、聞かずには居られなかった。

彼はただ一言、『戦争が終わったってのに、そんな顔すんなよ。蟹沢にどやされるぞ』と言って、笑った。

その翌日には、藍染《あいぜん》の収監《しゅうかん》に立ち会うと言って無理矢理退院して行った。

青鹿は、そんな檜佐木が怖い顔で走っていたという話が気に掛かり、半《なか》ば願うように、そして何もできない自分の無力さを悔《く》やむような声で呟いた。

「せめてもうしばらく……瀞霊廷が復興するまでは、あいつが命がけで戦うような事が起こらなければいいいんだが」

たとえ周囲がどんな状況であろうと、彼は事が起これば戦いに向かう。

そんな檜佐木の性格を、彼は良く知っていたからだ。

もっとも、檜佐木を取り巻く運命は、既《すで》に青鹿の願いを踏みにじっていたのだが。

≡

四番隊舎　来賓室

回道のための機能性を重視した四番隊舎の中で、少しだけ華美に重きを寄せた造《つく》りの部屋がある。

総隊長や貴族達からの使いを招いた時に使われる来賓室である。

とはいえ護廷十三隊《ごていじゅうさんたい》に所属する隊士達の命を第一とする四番隊は、戦時にはその来賓室も臨時の救護室として開放しており、今でもまだ薬品の匂《にお》いなどが部屋にかすかに残されていた。

そんな部屋の中に、慌ただしい足音と共に山田花太郎が駆け込んでくる。

敷居に躓《つまず》いて転びかけつつも、その勢いのまま頭を下げて謝罪の言葉を口にした。

「あわわ……。あ……あの……すみません……、お待たせしてしまって」

相手の顔を見る前から酷い姿を晒《さら》した形になるが、来客はそれを責める事もなく、怜悧《れいり》な声を室内に響《ひび》かせる。

「相変わらず冴《さ》えない姿に冴えない声をしているね。病人の気持ちを理解しようとしているうちに、自分から心に病巣を植え付けたのかい？　花太郎」

それが、懐《なつ》かしさを感じる、かつて聞き慣れた声と口調だと気付き、花太郎は目を丸くして顔を上げた。

「え……あ……せ、清之介《せいのすけ》兄さん⁉」

「おや、顔まで冴えないときたか。お前に看《み》られた患者が不安で首を括《くく》らないか心配だよ」

山田清之介。

花太郎の兄であり、数十年前まで四番隊の副隊長を務《つと》めていた男だ。

現在は護廷十三隊を引退除籍という形で退《ひ》いており、斬魄刀《ざんぱくとう》も隊舎に預けられている。

だが、無職というわけではなく、副隊長の座を引退したのも、新しい職場に引き抜かれる形での特例中の特例である。基本的に『除隊』は『蛆虫《うじむし》の巣《す》』という特殊牢《ろう》送りを指《さ》す護廷十三隊において、彼が職を辞《じ》すには正式に引退する必要があったのだ。

そして、彼を引き抜いた新しい職場を知っているからこそ、花太郎は首を傾げる。

「ど……どうしたんですか？　あちらの仕事は今日はお休みですか？　お忙しいとお聞きしましたが」

「ん。まあね。だけどやりがいはある仕事だよ。死神の貴族の癖に死にたがらない老人達がひっきりなしに僕の所に来るからねえ。権力者が老いに怯えて何かに縋《すが》りつき醜《みにく》く足掻《あが》く姿は、いつ見ても気持ちがいいものだ」

「あ、あの……いいんですか兄さん？　きき、貴族の人にそんな事……」

「もちろんダメさ。不敬罪で死罪になるかもしれない。花太郎は僕の言葉を誰かに告げ口するつもりなのかい？　花太郎が僕に死んで欲しいというのなら、可愛《かわい》い弟の願いだ、潔《いさぎよ》く命を諦《あきら》めるしかないな」

「ええッ……そ、そんな事はしませんよ、清之介兄さん……」

慌てて手を振った後、花太郎は辿々《たどたど》しく兄に反論する。

「た、確かに兄さんは意地悪ですし、性格が悪いってみんなに嫌われてますけど……、いいところも探せばありますし……多分……。そもそも、人に死んで欲しいなんて思う人は四番隊にはいちゃいけないです！」

「真剣に考えられるとそれはそれで傷つくね」

言葉とは裏腹に、楽しそうな笑《え》みを浮かべながら肩を竦めた後、清之介は花太郎に話を切り出した。

「まあ、休暇中だけどこっちに用があったから、ついでに花太郎に助言をしに来ただけさ」

「助言……ですか？」

そして、清之介は僅《わず》かに目を細めると、顔から笑みを消して本題に触れる。

「花太郎。暫《しば》く四番隊を休隊する気はないか？」

「えッ？」

「何、僕の仕事柄、色々な噂《うわさ》が耳に入ってくるんでね」

突然の申し出に首を傾げる花太郎に、瀞霊廷真央施薬院《せやくいん》総代——すなわち、四大貴族を中心とした上流貴族専門の救護詰所《つめしょ》の最高責任者である清之介は、クックッと笑いながら言った。

「滅却師《クインシー》の脅威《きょうい》が去った今、暫く大きな戦争は起きないだろうけどね。代わりに、瀞霊廷は少しばかり荒れそうだ。誰かが止めようと思って止まる程に小さな流れでもない」

「巻き込まれるのが嫌なら、暫く責ある立場から離れ、目と耳を塞《ふさ》いでいるといい」

≡

現世　空座町《からくらちょう》

「どわおぇああぁあぁああ！　巻き込まれたーッ！　巻き込まれたよ俺達！」

夕暮れ時の空座町。

人気《ひとけ》の無い路地裏を走りながら、つい数分前まで休日を満喫していた浅野《あさの》啓吾《けいご》が涙声を周囲に響かせていた。

すると、その隣を並走しながら、ポーカーフェイスの青年——小島水色《こじまみずいろ》が声をかける。

「静かにしなよ啓吾。叫んだ分だけ体力が無駄《むだ》になるよ？」

「前から思ってたけど、なんでお前いっつもいっつもこういう状況で焦《あせ》らないの⁉」

「焦ってもどうしようもないからかな」

水色は走る速度を緩《ゆる》めぬまま、チラリと背後に目を向けた。

「ああいう怪物みたいなのは初めて見たけど、あの藍染っていうチートの塊《かたまり》よりはマシかな……」

彼の視線の先には蟹《かに》のような形状をした巨大な異形《いぎよう》——巨大虚《ヒュージ・ホロウ》がこちらに迫《せま》っており、不快な軋《きし》みを上げながらハサミを振り上げている。

小島水色はかつて啓吾や有沢《ありさわ》たつきと共に藍染惣右介《そうすけ》に追われた事があるが、あの時の近づくだけで死が肌から染《し》みこんで来るようなプレッシャーは感じられない。

もっとも、その時よりはマシというだけで、命の危機に変わりは無かったのだが。

しかし、現在その怪物が直接狙《ねら》っているのは啓吾と水色ではない。

巨大虚《ヒュージ・ホロウ》が己《おのれ》のハサミで叩《たた》き潰《つぶ》そうとしているのは、啓吾達から僅かに後ろを走っている、死覇装《しはくしよう》姿の少年だった。

「うわぁあああぁあッ！　あ、危ないッ！　危ないですからここは僕に任せて逃げて下さい！　そして助けて下さい誰かー！　誰かー！」

啓吾と同じぐらいの涙声でそう叫ぶ若い死神は、斬魄刀を始解《しかい》する余裕すら与えられずに巨大虚《ヒュージ・ホロウ》から逃げ続ける。


空座町担当の死神である彼——行木《ゆき》竜ノ介《りゅうのすけ》は、たまたま自分よりも強い虚《ホロウ》と出くわしてしまい、慌てて逃げる最中に裏路地を歩いていた啓吾達を巻き込んでしまう形となった。

啓吾達は友人の黒崎《くろさき》一護《いちご》絡《がら》みで様々な事件と関わり、更《さら》には眼帯をした死神から『通魂符《ソウル・チケット》』というものを受け取った事もきっかけとなったようで、霊的な事象に対して感覚がかなり敏感になっている。

竜ノ介の存在もチラチラ見えてはいたし、名前ぐらいは織姫達から聞いて知ってはいたのだが、啓吾達は『後任に選ばれたって事は、アフさんより強いって事だろう』という程度の認識で特にこちらから関わる事はしなかった。

ところが、啓吾が『アフさん』、一護が『イモ山さん』と呼ぶ前任者の死神——車谷《くるまだに》善《ぜん》之《の》助《すけ》の代わりにやって来たこの若い死神は、啓吾達が想像していたよりも遥《はる》かに頼りにならない存在だという事が今しがた判明したのである。

斬魄刀を抜くのもおぼつかない調子で逃げている竜ノ介を見て、啓吾は悲鳴を大きくし、一方の水色は『このペースだと、浦原さんのお店まで逃げきれるかな……』などと冷静に考えていた。

水色も一護から浦原商店の件などはそれとなく聞いており、自分がいない時に虚《ホロウ》に襲われたらとりあえずそこに逃げれば安心だと言われていた。

藍染の事件の際の事後処理の最中、水色はある程度情報を収集していたので、その浦原商店の店主が隊長格並か、それ以上に重要な人物であるという事は把握《はあく》している。

——「後でなんか色々と売りつけられると思うけどよ。まあ、そこは助けて貰《もら》った礼だと思って諦《あきら》めてくれ」

一護がそんな事を言うので、平時に何度か店に入った事もあるのだが、確かに『抗霊障《こうれいしよう》液《えき》カタコラーヌθ《シータ》』やら『斥霊《せきれい》スプレーセキレイX《エックス》』など、明らかにメーカー品ではない怪《あや》しげな品々が並んでいた。

「あ、そういえば」

水色は何かを思い出し、走りながら器用に鞄《かばん》の中を漁《あさ》り始める。

「ななな、なんだよ水色⁉ もしかしてお前またスタンガン的なものを持ち出してらっしゃる⁉ でも俺あれにスタンガンとか押しつけてどうにかなる未来が欠片《かけら》も見えないんだけど⁉」

そう叫ぶ啓吾の前で水色が取り出したのは、奇妙な顔が描かれたボールだった。

『電磁《でんじ》捕縛《ほばく》丸《がん》ゼタボルたん』。

そんな商品名だったと水色は記憶している。

店番をしていた中学生ぐらいの少女に使い方を聞いた所、『ええと……人知を超えた何かに追われる事があったら、この後ろの摘《つま》みを捻《ひね》ってからそのホロ……怪物に投げつけて下さい』と説明していた。

「ま、駄目元だよね」

そう呟きながら、水色は御守り代わりに持ち歩いていた其《そ》れを、言われた通りのやり方で巨大な蟹の化け物に対して投げつける。

すると次の瞬間——激しい音と共に雷光が周囲を包み込み、怪物が全身を痙攣《けいれん》させながらその動きを鈍《にぶ》らせた。

「うわ……、えぐいなあ。人に投げたら死ぬんじゃないかなアレ……」

冷静にそんな事を言う水色の横で、啓吾が呆然《ぼうぜん》としながら歩を緩めた。

「何だ今の!? スタンガン!? え、……あれ? 何だ今の!? スタンガン!?」

一度考えてみようとして諦めたのか、二度同じ驚きを繰《く》り返《かえ》す啓吾。

そんな彼を横目に、今ならあの黒い着物の青年が攻勢に移れるのではと期待したのだが

——肝心《かんじん》の行木竜ノ介は、今しがたの雷光と轟音《ごうおん》に驚いて腰を抜かしていた。

「……マラソン再開コースかな」

動きが鈍っているとはいえ、完全に倒したわけではない。場合によっては竜ノ介を抱《かか》えて逃げなければならないのではと考え始める。

だが、その思考は途中で停止する事となった。

路地裏に響く、威勢の良い女性の大声によって。

「なにやってんのよ！　竜ノ介ぇッ！」

声の主《ぬし》——ビルの屋上から飛び降りた女性の影を見て、水色は彼女が竜ノ介と共に街《まち》に来た死神の一人だという事を確認した。

——確か、斑目志乃《まだらめしの》さんだったっけ。

死覇装を靡《なび》かせながら、落下の勢いに合わせて薙刀《なぎなた》の形に変形した斬魄刀を思い切り振り下ろす志乃。

激しい衝撃《しょうげき》が、周囲の路地を地震のように震わせた。

蟹型の巨大虚《ヒュージ・ホロウ》は粉々に砕け散り、斬魄刀の力でその霊子《れいし》が浄化されていく。

一撃であの巨大な怪物を倒した死神に啓吾は驚きの表情を向け、水色は『ああ、まともな死神もいたんだ』と冷静に状況を把握していた。

その一方で、虚《ホロウ》が浄化された事に気付いた竜ノ介は、志乃を見て安堵《あんど》の声をあげる。

「良かったぁ……無事だったんですね志乃さん」

「こっちの台詞《せりふ》よこのバカッ！」

竜ノ介に背中を向ける形で地面に着地した志乃は、そのまま背後に跳躍《ちょうやく》して肩口で相手に激突する。

偶然なのか故意なのか、ルチャドールのトペ・デ・レベルサの形で竜ノ介を地面に転がした後、追い打ちを掛けるようにその身体《からだ》に関節技《かんせつわざ》を掛ける。

「情けなーいッ！　なんであんた、千載一遇《せんざいいちぐう》のチャンスなのに自分が腰抜かしてるのよ！」

「アイタタタ！　取れちゃう取れちゃいます志乃さん！　腕と首と背中が取れます！」

そんなコントめいたやり取りをしている二人を見て、ようやく危機を乗り越えたのだと実感し、啓吾は大きく息を吐き出した。

「ひゅー……助かったぜ。志乃ちゃんだっけ？　どことなく見た事がある気がするけど」

「？　……ああ、あんたアレでしょ？　一角兄《いっかくにい》がこっちで舎弟《しゃてい》にしたっていう……」

「一角兄⁉　っていうか俺そういう扱《あつか》いなの⁉　舎弟って、俺あのハゲに兄貴分らしい事何一つされてないんですけど⁉」

浅野啓吾はかつて現世に来た斑目一角に脅《おど》され、半ば無理矢理宿を貸すハメになった過去がある。もっとも、宿を貸した件は啓吾の姉が乗り気であった事も大きな理由なのだが。

「ハゲって……聞かなかった事にしてあげるけど、一角兄の耳に入ったら殺されるよ」

落ち着いた所で話を聞いてみると、志乃は斑目一角の妹か従姉妹《いとこ》らしい。らしい、というのは、彼女や一角の一族は流魂街《ルコンがい》で毎日斬《き》った張《は》ったを繰り返しており、二人の物心つく前に次々と親が死んで親戚《しんせき》をたらい回しにされたため、自分達も正確な関係が良く解っていないとの事だった。

彼女は突然死神になった一角を追って自《みずか》らも真央霊術院に入ったのだが、兄の口から直接『十一番隊は志乃にゃキツいと思うぜ？』と言われ、上層部もそう判断したのか、結局十三番隊に配属されて現在に至《いた》るとの事だ。

「まったく、あの滅却師《クインシー》との戦争が終わってからずっと修行続けたっていうのに、肝心《かんじん》の所でヘタれたままじゃしょうがないでしょうが！」

「うう、ごめんなさい志乃さん……」

ガミガミと怒鳴《どな》る志乃に、竜ノ介がションボリと肩を落とす。

そんな彼を見かねたのか、説教を中断させるために啓吾は話を逸《そ》らす事にしたようだ。

「ていうかさ、一護が無事に戻って来たから気にしてなかったけどよ。なんか戦いが終わったっつってもあの白い怪物が減るわけじゃないのな……」

巻き込まれた被害者である啓吾の問いに、志乃が小さく溜息《ためいき》を吐《つ》いて答える。

「別に私達や黒崎さんは虚《ホロウ》と戦ってたわけじゃないからね。元々この土地は虚《ホロウ》が出やすいっていうのもあるから……」

志乃の言葉を聞いて、水色が納得したように頷《うなず》いた。

「ああ、特殊な霊地なんでしたっけ。それで藍染に狙われたって話でしたよね」

「……あんた人間なのに詳《くわ》しいわね。そうよ。だからこの土地は何が起きてもおかしくないから私達も油断《ゆだん》できないってわけ」

すると、竜ノ介が真剣な目つきで口を開く。

「でも、僕を派遣《はけん》する時点でかなり油断してると思います！」

「自分で言うなぁッ！」

関節技をかけられた竜ノ介の悲鳴が空座町の路地にこだました。

だが、そんな悲鳴を掻《か》き消《け》すような形で、表通りの方からスピーカーの音声が響き渡る。

『……ゆえに、世界は現状に留《とど》まるを良しとせず、さりとて過去に戻る事を人は求めず、導師《どうし》が求める物は新しい世界への脱却であり――』

「何あれ？」

街宣車《がいせんしや》らしき物から流れてくる声に志乃が眉《まゆ》を顰《ひそ》めると、水色がその疑問に答えた。

「最近生まれた新興宗教団体ですよ。半年前の長い地震をきっかけにして、だいぶ世界中が混乱しましたから」

長い地震。

それは、死神と滅却師《クインシー》の戦争の最中、霊王《れいおう》が落命した事により尸魂界《ソウル・ソサエティ》と現世、そして虚圏《ウエコムンド》の境目《さかいめ》が崩壊《ほうかい》しかけた事によるものだった。

これまでの地質システムとは全《まった》く違う、科学では説明できない理由で起こった途轍《とてつ》も無く長い地震によって、世界は緩やかに、そしてどこまでも深い『不安』に包まれる。

人々の多くが、予感したのだ。

勘《かん》づいた、と言っても良いだろう。

この世界には、科学やこれまでの常識では説明のつかない、何か強大な力が取り巻いているのではないかという事に。

表向きは『これまでのデータにはない大規模な地殻《ちかく》変動であり、現在原因を調査中である』として処理されていたが、それだけでは人々の心に生まれた不安は拭《ぬぐ》えなかった。

結果として、自ら答えを求めた宗教家や、あるいは人々の不安につけこもうとした者達が次々と新興宗教を立ち上げ、善悪入り乱れた混乱が緩やかに世界に広がったのである。

そして現在、その新興宗教の中でも特に勢いがあるのが、今しがた街宣車で教義を流していた団体なのだそうだ。

水色の話を補完しようと、啓吾が真剣な目で自分の知る情報を口にする。

「なんでも、教祖が本当に奇跡を起こせるとかなんとかって話だったよな。そして何より重要なのは、その教祖ってのが中々に美人でナイスバディなお姉さんって噂がある事だ！　その教祖のお姉さん直々《じきじき》に俺を勧誘しに来るのが本当に世界があるべき姿だよな。半年ぐらいかけて！　じっくりと！」

それを聞いて、志乃が半眼になりながら水色に尋《たず》ねた。

「ねえ、こいつって殴《なぐ》って突っ込んでいい系？」

「いいと思いますよ」

水色が頷くのを見て、竜ノ介も自ら疑問に思った事を問い掛ける。

「結局、なんて名前なんですか？　その新興宗教団体って」

「うん。確かあの団体の名前は……」

≡

現世　某社屋《ぼうしゃおく》ビル内　社長室

「この度《たび》は、お話をする機会を頂きありがとうございます。フォラルルベルナ社長」

黒を基調としたシンプルな部屋の中に案内された女性が、ソファに腰掛けて携帯ゲーム機をプレイしている少年に対して恭《うやうや》しく頭を下げる。

女性は艶《なま》めかしさを感じさせるデザインのスーツを身に纏《まと》っており、現実的な格好であるにも拘わらず、見る者にどことなく神秘的な色気を感じさせる存在だった。

だが、フォラルルベルナと呼ばれた少年はそんな女性に目を向ける事すらなく、ゲーム機を弄《いじ》りながら淡々《たんたん》とした調子で言葉を紡《つむ》ぐ。

「……白々《しらじら》しい挨拶《あいさつ》はいいよ。何が目的？」

そう尋ねた少年——雪緒《ゆきお》・ハンス・フォラルルベルナに対し、女性は慇懃《いんぎん》に答えた。

「これはこれは。未来の勝者である事が運命に約束されている『ワイハンス・エンタープライズ』の代表であるフォラルルベルナ社長にお会いする目的など一つだけでしょう。貴方のような若い才人には、人々を未来に導く力があります。いずれ訪れる正しき世界への導《みちび》き手《て》として、私達の教義に恭順《きょうじゅん》して頂きたいのです」

『ワイハンス・エンタープライズ』。

雪緒が所有する会社であり、現在飛ぶ鳥を落とす勢いで事業拡大をしている大企業だ。

父親から乗っ取る形で手に入れ、どうでも良いと思っていた会社ではあるが、黒崎一護や死神達との闘争を経《へ》て、現在はその会社を拡大する事を人生の目的の一つとしている。

将来的に、自分と同じ『完現術者《フルブリンガー》』のはぐれ者達を受け入れる土壌《どじょう》を作るためであり、実際に現段階でも毒ヶ峰《どくがみね》リルカは協力者として所属しており、予定よりも早いが彼女を通じてジャッキー・トリスタンにも声をかけている所だ。

そんな『完現術者《フルブリンガー》』という裏の顔を持つ若手社長が、自社ビルの社長室に引き入れた女性に対して冷《さ》めた調子で問い直す。

「ボク、そんな茶番めいた挨拶に付き合うタイプに見える？」

「率直《そっちょく》に『事業拡大のための手足になるから見返りとして寄付金が欲しい』と言った方が宜《よろ》しいですか？」

「それも茶番だよ。君は、いや、君達はそんな事が目的じゃないよね」

淡々と、まるで本を読んで独り言を呟くような調子で語り続ける雪緒。

彼はそこで片手をゲーム機から離し、懐《ふところ》から出した名刺をテーブルの上に置いた。

そして、女性に対してやや不機嫌《ふきげん》そうに口を開く。

「前から気にはなっていたけれど、今日ここに来た事で確信したよ。……ここから先はリトライはできないから、真面目《まじめ》に答えた方がいいと思うよ」

アポイントメントを取る際に受付を通して雪緒に渡されていた一枚の名刺。そこに書かれた団体名を睨み付けながら、雪緒は再度問い掛けた。

「君達は、何が目的？」

名刺には、シンプルな書体で女性の名前が記《しる》されていた。

雪緒にとっては、決して見過ごす事ができぬ固有名詞と共に。


『宗教法人【XCUTION《エクスキユーシヨン》】代表　道羽根《みちばね》アウラ』

≡

虚圏《ウエコムンド》

霊王護神大戦《れいおうごしんたいせん》から半年。

破面《アランカル》を始めとする虚《ホロウ》達の世界である虚圏《ウエコムンド》でも、緩やかな変化が起こりつつある。

『見えざる帝国《ヴァンデンライヒ》』の滅却師《クインシー》達による破面狩《アランカルが》りが終焉《しゅうえん》を迎えた後、ハリベルやグリムジョーといった破面《アランカル》の実力者達が一時的に姿を消していた事もあり、新《あら》たな戦国時代を迎えようとしていた。

しかしながら、それまで行方《ゆくえ》不明とされてきたネリエルが突如《とつじょ》ハリベルを伴《ともな》って帰還した事により、野心を持った破面《アランカル》やヴァストローデ級の大虚《メノスグランデ》達は即座に意気消沈してそれぞれの縄張り《コロニー》へと引きこもる結果となった。

何体かの破面《アランカル》は『疲弊《ひへい》しているであろう今ならば』とネリエルやハリベルに奇襲をかけたが、大半が返《かえ》り討《う》ちに遭《あ》い、逃げ出した者も運悪く虫の居所が悪かったグリムジョーと鉢合《はちあ》わせて撃沈する。

そんな『王の帰還』から、緩やかな平和を取り戻しつつあった虚圏《ウエコムンド》の一画で、牛の頭蓋《ずがい》骨《こつ》のような面を被《かぶ》った男が、溜息を吐く。

ルドボーン・チェルート。

「……短い夢でしたな」

かつて藍染直属の『葬討部隊《エクセキアス》』のリーダーだった破面《アランカル》であり、藍染が去った後の虚圏《ウエコムンド》で虚夜宮《ラス・ノーチエス》の管理を一人続けていた男だ。

「やはり、私のような弱者が夢を見る事自体が烏滸《おこ》がましかったか……」

彼もまた、ハリベルが消えた後の虚圏《ウエコムンド》を統一しようとした破面《アランカル》の一人である。

ルドボーンは未《いま》だに藍染に対して恩義を感じており、かの王がバラガンより虚圏《ウエコムンド》を簒奪《さんだつ》して生み出した新たなる秩序を、できる限り元の形のまま護《まも》ろうとしていたのだ。

3獣神《トレス・ベスティア》など、十刃《エスパーダ》以外にも彼より強い破面《アランカル》達は複数存在している。

だが、彼女達は元より支配に興味を持たず、後継《こうけい》争いには参加していない。それこそ『秩序』を第一と考えて覇権《はけん》を争おうとしたのはルドボーン一人と言っても良かった。

野心が無かったわけではない。

いずれ自分がこの虚圏《ウエコムンド》を発展させ、十刃《エスパーダ》のような一廉《ひとかど》の存在として藍染に認められる日を夢見ていた事は否定できなかった。

藍染がハリベルを文字通り『斬り捨てた』事も、十刃《エスパーダ》に失望の言葉を残したという事も聞いてはいたが、仮に藍染がこの地に戻った時に、藍染から受け取った力で何かを成《な》したという事を伝えたいと考えていたのである。

たとえ、無様《ぶざま》な結果だと呆《あき》れられ、その場で斬り捨てられるのだとしても。

そして今の彼は、やはり虚圏《ウエコムンド》の秩序を護る為《ため》に——滅却師《クインシー》達と戦っていた。

「やれやれ、まだ滅却師《クインシー》どもの残党が残っていたとは」

半年前、ハリベルの身柄《みがら》を奪った後の滅却師《クインシー》達は、『狩猟部隊《ヤークトアルメー》』と呼ばれる部隊を虚圏《ウエコムンド》全域に展開させ、各地で破面《アランカル》狩りを行った。

その統括《とうかつ》隊長であるキルゲが黒崎一護やグリムジョー達に敗北して以降、別働隊の大半が虚圏《ウエコムンド》に取り残される。

捨て身の特攻からゲリラ戦まで、部隊ごとに様々な形をとって徹底抗戦を仕掛けた滅却師《クインシー》達だったが、彼らの大半はルドボーン率《ひき》いる『葬討部隊《エクセキアス》』の手によって壊滅《かいめつ》させられた。

それから数か月動きがなかった為、殲滅《せんめつ》が完了したかと考えかけていた所に、滅却師《クインシー》の目撃情報が入って出撃した形となる。

「まったくもって不甲斐《ふがい》なき事です。『ピカロ』どもは相変わらず言う事を聞きませんし、ロカと共にしばしば現世に出向いていると聞きます。そして、未だにグリムジョー様は虚圏《ウエコムンド》の平定に協力しては下さらない。こんな事では真なる秩序が訪れるのはいつの日になることか……」

自分の至らなさに首を振るルドボーンだが、そんな事を言いながら日撃現場に向かう彼に抗議の声がかけられた。

「ちょっと！　溜息吐いてないで、あんたもたまには自分で戦いなさいよ！　いっつも私達とあんたの生み出したザコに仕事押しつけてばっかりじゃない！」

「よしなよロリ、言っても無駄だって」

悪態をついたツインテールの破面《アランカル》――ロリ・アイヴァーンを、ショートカットの破面《アランカル》――メノリ・マリアが窘《たしな》める。

キルゲとの戦いで死にかけていた所を発見され、虚夜宮《ラス・ノーチエス》に運ばれていた彼女達をルドボーンが引き取ったのだ。

そのまま、なし崩《くず》しに対滅却師《クインシー》の戦力として『葬討部隊《エクセキアス》』の一員として引き入れたのだが、ルドボーン直属ではないせいか、どうにも足並みが揃《そろ》わない。

「いいえ、言わせてもらうわ！　だいたいね、ルドボーン！　あんたハリベル様が攫《さら》われた時はどこにいたのよ！　キルゲって奴《やつ》が来た時も居なかったし！」

「侵攻は各地で同時に始まった以上、それぞれの場所で誰かが食い止めねばならなかっただけの事です。それを言うならば、我々は藍染様が黒崎一護に敗《やぶ》れた時、誰一人御側《おそば》にいることが叶《かな》わなかった。我が身を含め、その未熟さを心に刻《きざ》みつけねばなりません」

「……ああ言えばこう言う……」

ブツブツと文句を言うロリに、ルドボーンは溜息を吐きながら首を振った。

「貴女達《あなた》は未熟なれど、未だに藍染様に敬意を持っているからこそ、こうして私の部隊に置いているのです。本来ならば、貴女のような存在するだけで秩序を乱すような存在は虚圏《ウエコムンド》に相応《ふさわ》しくないのですから」

「へええ、あたしがいるだけで何が乱れたって？」

「やめなってば」

「放してよメノリ！　あいつ偉そうにしてるけど、死神がここに攻めてきた時に何してたと思う？　通りすがりのヤミーにぶん殴られて死にかけてたって話じゃない！」

「それ、私達もだから……」

メノリに腕を引かれてルドボーンから遠ざけられるロリ。

こめかみに青筋を浮かせた彼女は、引き離されながらも更に文句を言おうとしたのだが
――その眼前を、一本の光の筋が通り過ぎた。

その光弾は、ルドボーン達からかなり離れた場所の岩に突き刺さり、巨岩の一部がまるで巨大な顎《あご》で食《く》い千切《ちぎ》られたかのように抉《えぐ》れ飛《と》ぶ。

「なッ!?」

ロリが驚きに目を丸くしながら光の筋が飛んできた方向に目を向けると、そこには崩落《ほうらく》しかけた建築物の上層階で弓を構えている女の姿があった。

服装は、自分達を捕《と》らえようとした滅却師《クインシー》の連中に良く似ている。

その奥にも人影が蠢《うごめ》いており、何人かがそこからこちらを攻撃しているようだ。

続いて撃ち放たれた滅却師《クインシー》の矢が、こちらに凄《すさ》まじい速度で飛来するのが見える。

メノリ達が慌ててそれを避けると、ルドボーンの配下である髑髏《どくろ》兵《へい》達を巻き込みながら虚圏《ウエコムンド》の砂漠に無数の砂柱が立ち上った。

その後に残された砂のクレーターを驚愕《きょうがく》の目で見ながら、ロリが冷や汗と共に叫ぶ。

「ちょ！　いつもの雑魚《ざこ》じゃないじゃない！　まだあんなのが残ってたっての⁉」


「……あの破面《アランカル》ども、数だけは揃ってやがる。オレらを始末しに来た感じだな」

サメの牙《きば》を思わせる意匠《いしょう》の小弓《しょうきゅう》を構えながら、その少女はすまし顔でそう言った。

それに答える形で、半分瓦礫《がれき》と化した建造物の暗がりにいた影が声をあげる。

「てか、雑魚しかやれてないっぽいよー？　この距離で外《はず》したの？　うわ、だっさ。ちゃんと練習しないからじゃないかなァ？」

「うっせーな。テメエもちったぁ働けよ。手駒《てごま》を増やすチャンスだろ、ジジ」

すると、ジジと呼ばれた滅却師《クインシー》──ジゼル・ジュエルは、感情を相手に読ませぬ機械的な笑みを浮かべながら答えた。

「ボクの力だと虚《ホロウ》は一時的にしかゾンビ化させられないの知ってるでしょー？　虚《ホロウ》の霊子は滅却師《ボク達》と相性《あいしょう》が悪いのって常識だと思ってたけど、忘れちゃった？」

「一時的でも構わねえだろ？　どうせバンビ以外は使い捨てんだ、『向こう』でゾンビ化が解《と》けたところで、状況は同じだろうが」

「疲れるからやだなあ。どうせならリルがゾンビになってくれない？」

　そう言いながらジジに首を傾げられたリル――リルトット・ランパードは、無表情のまま毒舌を相手に向ける。

「食われてぇかこの野郎。……いや、やっぱいい。ジジを食うと腹下しそうだ」

「酷くない？　女の子を食べて腹を壊すってすっごい侮辱《ぶじょく》だと思うなー、ボク。ねえ、バンビちゃんもそう思うでしょ？」

　瓦礫の隅《すみ》に人形のように『置かれていた』赤土色の肌の少女を見て、ジジは機械的な笑顔のまま同意を求めた。

　すると、バンビちゃんと呼ばれた『それ』――頭や腹部、露出した腕や足から体温を全く感じさせない屍人形が声をあげる。

「う、うん……ジジの、ジジの言う通りだよ……。だから、だから、ジジ……お願い……

血……」

「もー、バンビちゃんったら本当に欲しがりさんだなぁ。ボクにわがまま言いたいんだったら……解《わか》るよね？　バンビちゃん頭いいもんね？　かしこいもんねぇ？」

「……わ、わかった、敵……倒す……。ジジ……護る……好き……だから、血……」

よろよろと立ち上がる赤土色の肌をした屍《しかばね》――バンビエッタ・バスターバインを見て、リルが呆《あき》れたように言った。

「なんか傷も全部治《なお》ってねえし、言葉も前より曖昧《あいまい》になってねぇか？　フランケンシュタインの怪物か、森から人里に迷い込んだ化物みてえになってんぞ」

「大丈夫だよ、ボクが血をあげればちゃんと『修理《なお》る』から。でも、こういう痛々しいバンビちゃんの方が可愛いから、まだしばらくお預けだけどねェー？」

「ほんと糞《くそ》だな、お前」

淡泊《たんぱく》な表情でジジの趣向を否定しながらも、リルは敵に向かって歩み始めるバンビエッタを止めようとはしなかった。

何故《なぜ》なら、彼女は知っていたからだ。

この程度まで思考能力が低下していようとも、バンビエッタの力があれば、平均的な強さの破面《アランカル》や虚《ホロウ》を蹴《け》散《ち》らすのに何の支障《ししょう》もないという事を。

そして、それを証明するかのように——

バンビエッタの周囲から射出《しやしゆつ》された無数の霊子の塊が敵陣に突き刺さり、白い砂漠を煌々《こうこう》とした爆炎で埋《う》め尽《つ》くした。


リルトット・ランパード。

ジゼル・ジュエル。

屍人形と化しているバンビエッタは別として、尸魂界《ソウル・ソサエティ》でユーハバッハに反旗を翻《ひるがえ》し、返り討ちにあった筈《はず》の彼女達が何故生きており、虚圏《ウエコムンド》に滞在しているのか。

事の起こりは、死神と滅却師《クインシー》の戦争が終結した直後にまで遡《さかのぼ》る。

≡

半年前　現世某所《ぼうしよ》

「…………」

リルが目を醒《さ》ますと、そこは見慣《みな》れぬ部屋の中だった。

腹部に包帯を巻かれており、触《さわ》ると鈍《にぶ》い痛みが走る。

どうやら滅却師《クインシー》特有の治癒術式をかけられているようだが、完全に回復したわけではないようだ。

──当然だな。

記憶に残っているのは、ユーハバッハに戦いを挑《いど》んで力及《およ》ばず斬り捨てられ、倒れる直前に別の場所で戦っていたバズビーの霊圧が消えたという事。

──土手っ腹をあの力で抉《えぐ》り裂かれたんだ。ほっときゃ普通に致命傷だった筈だ。

──なんでオレは生きてる？

横を見ると、まだ意識を取り戻していないジジの姿があり、その奥には包帯を全身に巻かれてミイラのようになったバンビエッタらしき身体が横たえられていた。

自分を含めて三人とも簡素なベッドに寝かされており、最低限の治療は施《ほどこ》されたらしい。

頭の下に敷かれていた枕が『見えざる帝国《ヴァンデンライヒ》』の支給品である事に気付いたリルは、ここが現世にある拠点《きょてん》の一つであろうと推測した。

──部屋の外にも結構滅却師《クインシー》の気配があるが……大半が死《し》に損《ぞこ》ないだなこりゃ。

起き上がって周囲を見回していると、部屋の扉が開いて一人の女性が顔を出す。

「目が醒めましたか、リルトット・ランパード」

そこに居たのは、凛《りん》とした表情の黒目がちな女滅却師《クインシー》だった。

「テメエは……」

リルは警戒して身構える。

「ユーハバッハの腰巾着《こしぎんちゃく》のそのまた腰巾着じゃねえか。間違って敵を助けちまったか？」

実質的に『見えざる帝国《ヴァンデンライヒ》』のナンバー2《ツー》と言われていた、『B』の聖文字《シュリフト》を持つ星十字《シュテルン》騎士団《リッター》のユーグラム・ハッシュヴァルト。

部屋に現れたのはそのハッシュヴァルトの側近であり、聖文字《シュリフト》を持たない一般の聖兵《ゾルダート》の中では屈指《くっし》の実力を持つ女滅却師《クインシー》だった。

純粋な弓矢の取り扱いや戦闘力では一部の星十字騎士団員《シュテルンリッター》を上回るとさえ言われていたが、彼女が聖文字《シュリフト》を与えられなかったのは、ユーハバッハ以外は全員が対等な『聖文字所《シュリフト》持者』となるより、ハッシュヴァルトの部下であり続ける事を彼女自身が望んだからだと言われている。

そんな彼女の上司であるハッシュヴァルトは、ユーハバッハの忠臣である。『見えざる《ヴァンデン》帝国《ライヒ》』に反旗を翻したリル達を助ける理由はない筈だ。

「ハッシュヴァルトの野郎、何を考えてやがる？　オレらを尋問《じんもん》した所で何も出てこねえぞ？　オレらが裏切ったのは、単にユーハバッハにムカついたってだけだからな」

慎重《しんちょう》なハッシュヴァルトの性格からして、帝国を裏切った自分達に、死神か、あるいは他の組織のバックがついていると推測したのではないか？

そう考えていたリルに対し、女滅却師《クインシー》は小さく首を振る。

「……ハッシュヴァルト様は、陛下にその御力《おちから》を捧《ささ》げた後に戦死なされました」

「はぁ？」

想定外の言葉に、リルが顔を顰《しか》める。

だが、その後に続いて語られた事実は、リルトット・ランパードという元星十字騎士団《シュテルンリッター》員を驚愕させるものだった。

「……陛下も、特記戦力である黒崎一護、並びに藍染惣右介との戦いで身罷《みまか》られました」

「ッ！」

リルにしては珍しく両目を見開いて口を何度かパクつかせていたが、十秒ぐらい経過した所で、普段の冷静な顔に戻る。

「……マジかよ。あの黒崎って野郎、糞強《くそつえ》ぇとは思ってたがそこまでのタマだったか。強ぇワリに、とんだ甘ちゃんだと思ってたんだがな」

自らが撃ち放った巨大な斬撃《ざんげき》を受け止めようとした滅却師《クインシー》に対して『馬鹿、よけろ！』

と叫んでいたオレンジ髪の死神を思い出し、リルは自嘲《じちよう》気味に苦笑した。

「そういや、キャンディやミニーはどうなった？」

キャンディス・キャットニップに、ミニーニャ・マカロン。

戦争の際に行動を共にしていた仲間であり、リルとしては珍しく、星十字騎士団《シュテルンリッター》の中でも仲間として認識している面々である。

普段は毒舌を吐く相手だが、このような状況で真っ先に名を上げる程の関係ではあるらしく、リルは半分諦めながらも相手の答えを静かに待った。

「……救出に向かいましたが、間に合いませんでした。陛下の『聖別《アウスヴェーレン》』で完聖体《フォルシュテンディッヒ》の力を失っていた所を十二番隊に捕縛されたようです。ナジャークープ様も、生死は不明ですが搬送《はんそう》されていたようです」

「出歯亀野郎《ナナナ》はどうでもいい。てか、十二番隊かよ……。あー……そりゃ、素直に死んどいた方がマシだったかもな」

十二番隊がどんな部署か、その隊長である涅《くろつち》マユリがどんな男なのかは事前の情報で掴《つか》んでいる。

「とはいえ……まだ生きてる可能性はあるって事か」

リルはチラリと横で寝ているジジを見た。

ジジの聖文字《シュリフト》である『Z』――『死者《ザ・ゾンビ》』の力があれば、十二番隊の『実験』や『解剖』によりある程度の肉体欠損があっても回復させる事ができる。死んでいたとしても、身体と脳髄《のうずい》さえ残っていれば、最悪バンビエッタのようなゾンビとして復活させる事は可能だ。

もっとも、心の傷まで治す事はできないのだが。

そこまで考えた所で、リルは淡々とした調子で眼前の女滅却師《クインシー》に問い掛けた。

「……話を戻すぜ。なんでオレらを助けた？」

「ハッシュヴァルト様の御意志です。陛下が最後の眠りにつかれた折りに、ハッシュヴァルト様は直属の聖兵《ゾルダート》に貴女達や他の負傷した聖兵《ゾルダート》達の回収と治療を命じました」

「わけわかんねぇな。親衛隊の連中はどうなった？」

困惑《こんわく》に眉を顰めつつも、リルは更に情報を整理するべく問い続ける。

返ってきたのは、悲痛な表情で首を振る女滅却師《クインシー》の言葉だった。

「……全員、戦死なさいました。ジェラルド様は、陛下に完全に力を吸収されて消滅したと観測班の報告を受けています」

「ナックルヴァールまでやられやがったのか。そいつは確かに致命的かもな」

――死神どもを甘く見過ぎた、ってわけか。

リルは一見マイペースに見えるが、事前に情報を集める冷静さもある。親衛隊の能力もある程度把握していたが、無敵としか思えない彼らを退けたのならば、確かにユーハバッハやハッシュヴァルトが戦死したと言われても頷ける。

――腹心のジェラルドを潰してまで『霊王の心臓』を取り込んだって事は、ユーハバッハの野郎、そこまで追い詰められてたのか？　オレとジジをやった時に『未来が見通せる』とかほざいてたが……奴はあの気味悪《わり》ぃ目でどんな未来を見た？

――待てよ？

「……ハッシュヴァルトがオレらを助けるように言ったのは、ユーハバッハが眠りについた時、って言ったよな」

「ええ。陛下が眠りにつかれた直後の事です」

ハッシュヴァルトには、ユーハバッハが夜の眠りにつく間だけ、代行者として全《すべ》ての力を行使できる『支配者の仮面』が与えられていた。

「なら、ハッシュヴァルトの野郎も『未来』を見たって事か？」

半分独り言のようなリルの問い掛けに、女滅却師《クインシー》は目を伏《ふ》せながら言葉を紡ぐ。

「……私に指示を下しにいらした際、独り言のようなものを呟いておられました。未来を見通す事は酷《こく》な力だ、と」

「あの野郎は、何を見たんだ？　自分やユーハバッハが死ぬ未来も見えてたってのか？」

「私には解りかねます」

ハッシュヴァルトの腹心であった女滅却師《クインシー》はそこで悲しげに表情を歪《ゆが》め、怜悧《れいり》な声に僅かな悲痛の色を籠《こ》めて言葉を紡いだ。

「ハッシュヴァルト様は、御自分の本心を明かす事はありませんでした。我々にも、星十字騎士団《シュテルンリッター》の方々にも……恐らくは、陛下にさえ。ただ、最後に私に『何があろうと、滅却師《クインシー》の未来を繋《つな》げ』とだけ……」

「それで、馬鹿正直に反逆者のオレらまで助けたってのか？　言っとくが、オレやジジが恩義を感じるとか期待すんじゃねーぞ」

「構いません。私達は見返りを求めたわけではなく、単にハッシュヴァルト様の命に従っただけなのですから」

淡々と答える彼女に、リルは軽く舌打ちをしてから口を開く。

「ま、生き延びたのはあんたのお陰《かげ》だ。そいつは感謝しとくぜ。……ただ、ジジには感謝の言葉すら期待すんなよ。起きたらてめえらをゾンビにして、その肉を使って自分の怪我を治そうとしてもおかしくねえ」

「…………」

「そんな面《つら》すんなよ。……責任の取り方ぐらいは解ってるつもりだ。ジジはオレが抑《おさ》えとくし、動けるようになったらすぐに出て行ってやるさ」

ジジの様子《ようす》を窺《うかが》うリルを残し、医務室から去る女滅却師《クインシー》。

ハッシュヴァルトの腹心であった彼女は、リルに対して一つだけ嘘《うそ》をついた。

最後の戦いに臨《のぞ》む前に、ハッシュヴァルトの残した言葉は他にもあったのである。

——「石田雨竜《いしだうりゅう》は、あるいは陛下が私に与えて下さった最後の試練なのだろう」

——「理由は解らないが、あの男にだけは、時折激しく感情が揺さぶられる」

——「もしも私が激情に駆られ、天秤《てんびん》としての役割を忘れる時があるならば……その時は、陛下よりお預かりした全ての力と、この命を返上する事になるだろう」

まるで、そうなる未来が見えていたかのような口ぶりだった。

仮に見えていたとするならば、何故その未来を回避する事ができなかったのか。

未来を知ってもなお、感情を抑えきれなかったのだとするならば、一体石田雨竜は、如何《いか》なる言葉を聞かせたのか、あるいは行動を見せたのか。

今となっては解らぬ事ばかりだが、腹心であった滅却師《クインシー》は、ただ自らの主《あるじ》を誇りに思う。

たとえ自分の運命が見えていたのだとしても、彼は全ての覚悟をその身に纏い、自らの意志でその道を選んだのだと信じて。

リルトットとジゼル、そしてバンビエッタが現世の隠された拠点から姿を消したのは、その翌日の事だった。

≡

そして現在、リルトット達は虚圏《ウエコムンド》で破面《アランカル》達と争いを続けている。

力を取り戻すのに数か月かかったが、ユーハバッハに奪われた『完聖体《フォルシュテンディッヒ》』の力以外は全て使えるレベルにまで回復した。

「完聖体《フォルシュテンディッヒ》にさえなれりゃ、あいつらの霊子なんざまるごと吸い取れるんだがな」

滅却師《クインシー》の最終形態である完聖体《フォルシュテンディッヒ》、その際に生まれる光輪《ハイリゲンシャイン》による『聖隷《スクラヴェライ》』の力があれば、周囲の霊子を全て分解して強制隷属させる事が可能となる。

本来ならば霊子の質が滅却師《クインシー》にとっての毒である虚《ホロウ》の霊子も、一度完全に分解する事で無害なものとして取り込む事も可能であった。

だが、その力を持つ滅却師《クインシー》はもういない。

可能性があるとすればユーハバッハの『聖別《アウスヴェーレン》』を免《まぬが》れた石田雨竜とその父親だけだが、

敵である男達が使えた所でなんだと言うのだと考え、リルは肩を竦めた。

するど、背後からジジが声をかけてくる。

「えー？　でもリルなら似たような事できるでしょー？　なんだったら、あいつら全部丸《まる》吞《の》みにしちゃえばいいのに。もしかしてダイエット中？」

「食えねえこたねえが、毒は毒だ、胸焼けが酷《ひど》くなるからお断《ことわ》りだな」

淡々と答えながらバンビエッタの蹂躙《じゆうりん》を見つめるリルに、ジジが更に声をかけた。

「結局、殆《ほとん》どやられちゃってたねー、狩猟部隊《ヤークトアルメー》の生き残り」

「どいつもこいつも情けねえ連中だぜ。この辛気《しんき》くせぇ砂漠を二か月練《ね》り歩《ある》いたってのに、ろくに戦力になる奴がいやしねえ」

彼女達は現在、独自に滅却師《クインシー》の独立部隊を救出して『手駒』として引き入れる事を目的として動いている。

最終的な目標は、尸魂界《ソウル・ソサエティ》にある十三番隊への襲撃、そしてキャンディとミニーの身柄を奪還《だつかん》する事にあった。

「もうほっといてもいいのに、リルって時々ゆーじょーとか大事にするよねぇ？　それとさ、狩猟部隊《ヤークトアルメー》の残党を助けてるのって、半分は手駒にする為じゃなくって、あの療養所の人達への恩返しだったりしちゃうー？」

「知らねーな。足手纏《まと》いになりそうな奴らをあの連中に押しつけてるだけだ」

「リルのそういう冷たい顔で暑苦しいところ、本当にキモいと思うけど、結構好きだよボク？」

「褒めるのか貶《けな》すのかどっちかにしとけ、糞ビッチが」

無表情のまま淡々と言うリル。

何故かジジは売女《ビッチ》呼ばわりされた瞬間に少し嬉《うれ》しそうに微笑《ほほえ》んだかと思うと、楽しげな調子で言葉を返した。

「ああもう、嘘だよ嘘。照れちゃって可愛いなあ、リルってば。放っておくわけないじゃーん。キャンディもミニーも死んでたらボクのゾンビにできるわけだしー？」

そこでジジは表情を消し、とある男の顔を思い浮かべながら怨嗟《えんさ》に満ちた声をあげる。

「……それに、あの眩《まぶ》しい変態に、一泡吹かせないと気が済《す》まないし？」

「やめとけよ。ありゃ完全にあっちの方が格上だ」

窘めるリルに、ジジが言った。

「頭を使えばなんとかなるって。ほら、黒崎一護をゾンビ化させるとか？」

「それこそやめとけ。自殺に付き合う気はねえぞ？」

正直、リルの中でその案が無かったわけではない。

黒崎一護をジジの能力で手駒にする事ができれば、最強の戦力になるのではないかと考えた事はある。だが、リルが調べた限りでは、黒崎一護の周りには父親である護廷十三隊の隊長経験者をはじめとして、ハッシュヴァルトを破ったという石田雨竜、その父親である滅却師《クインシー》の『純血種』石田竜弦《りゅうけん》、更には特記戦力である浦原喜助までいる事が解っており、そのような魔窟《まくつ》に足を踏み入れる程、リルは短絡的でも愚《おろ》かでもなかった。

「とはいえ、このままここで破面《アランカル》を潰し続けた所でな……」

破面《アランカル》を消滅させる滅却師《クインシー》の行動は、死神達からすれば世界のバランスを崩す禁忌《きんき》であり、派手にやり過ぎれば察した死神達が刺客《しかく》を送り込んでくる事だろう。

最後にバズビー達と共に死神に手を貸した事を考えれば、和解に持ち込むという手もなくはないのだが——和解した所であの十二番隊隊長がキャンディ達を解放するとは思えないし、何より、多くの死神をゾンビ化させて殺し合わせたジジがいる時点で、正式な和解は難しいだろう。

「ま、とりあえずこいつらを片付けたら、一度現世に戻って計画を……」

そこまで呟いた所で、リルは言葉を止める。

彼女の視線の先には、バンビエッタが「爆撃《ジ・エクスプロード》」で破面《アランカル》達を蹂躙する姿があった。

しかし、そこでリルは違和感に気付いたのだ。

「……まだ、終わらねえのか？」

バンビエッタがのんびりしているわけではない。

理性が薄くなっている分、寧《むし》ろがむしゃらに爆撃を続けている節《ふし》すらある。

だが、破面《アランカル》の兵隊達の数は一向に減っていない。

寧ろ、その数が時間と共に増えているようにすら感じられた。

「増援？　いや、違うな……」

更には、その新しく現れた髑髏《どくろ》面《めん》の雑兵《ぞうひょう》達が無数に重《かさ》なり合って壁を造《つく》り、部隊の中心部を身を挺《てい》して守り続けているではないか。

一切《いっさい》の躊躇《ためら》いなく、自ら死を受け入れているかのように。

「なんだ？　……何が起こってる？」


時は、数分前に遡る。

「あ、危ないわね！　なんなのよ、あの顔色悪い女！　いきなり爆撃してくるとかばっかじゃないの⁉」

髑髏面の兵隊達の陰《かげ》に隠れながら、ロリが冷や汗混《ま》じりに叫ぶ。

問い掛けられたメノリも、腰を抜かしてカタカタと震えながら答えた。

「こ、これ、まずいよ、ロリ……。あいつ、あのキルゲとかいう眼鏡《めがね》と同じぐらい強いんじゃ……」

焦《あせ》る二人の『藍染親衛隊』の横で、一人冷静に戦況を分析する男がいた。

葬討部隊《エクセキアス》のリーダー、ルドボーンである。

「ふむ……あの霊子はどうやら、触れた物を爆発物に変換させる力があるようですな。元になる霊子自体に爆散の能力が無いからこそあそこまでの連射を可能としているのでしょうが……相手の霊力が尽きるのを待つというのは得策では無さそうです」

「ちょっと！　何を暢気《のんき》なこと言ってるのよ！　このままじゃあたし達ジリ貧じゃない！」

悲鳴混じりの苦情を聞いたルドボーンは、溜息を吐きながら首を振った。

「仮にも藍染様の御側《おそば》付きであった貴女がたが醜態《しゅうたい》を晒《さら》すものではありません。常《つね》に冷静である事です。死を前にして絶望を抱《いだ》いてはなりません。この命がここで尽きようとも、藍染様の御為《おんため》に何を遺《のこ》す事ができるかを最後の瞬間まで思案し続けるのです」

「ゾマリみたいな口調で余裕ぶってんじゃないわよ！　このままじゃ何か遺すどころか爪の先まで消し炭じゃない！」

「私如《ごと》きをゾマリ殿《どの》と並べるのは畏れ多き事……。なに、案ずる事はありません。どちらにせよ、私はここで死ぬとは考えておりませんので」

そう言いながら、ルドボーンは己の斬魄刀を抜き、地面と水平に刃《やいば》を構える。

「御覧《ごらん》に入れましょう。一度死神に後《おく》れを取った身として、我が恥をそそぐ為に磨《みが》き上《あ》げた力を……！」

「生《お》い上《あが》れ……『髑髏樹《アルボラ》』」

刹那《せつな》、ルドボーンの斬魄刀が木の蔦《つた》のように変化して拡散し、ルドボーンの腕と下半身にまとわりついて樹木のような形状に変化する。

更に、背に生《は》えた『枝』から、次々と髑髏兵が生み出され、無傷の兵士が再び壁となって敵の爆撃からこちらを守り始めた。

「何よ、前と変わってないじゃ……」

言いかけた所で、ロリが目を見開く。

見ると、少し先の砂が盛り上がり、砂漠の中から新たな髑髏兵が生まれ始めた。

どうやら地下茎《ちかけい》を竹のように地中に広げ、次々と新しい兵士を生産しているようだ。

根から虚圏《ウエコムンド》の霊子を吸い上げ、それを元にルドボーンの忠実な兵士を無限に生み出す髑髏樹《アルボラ》の能力『髑髏兵団《カラベラス》』。

以前と性質は変わっていないが、地下茎の先で新たな木を生やし、更にその範囲を広げ続ける事で生産スピードが驚異的なものへと変化している。

元々は朽木《くちき》ルキアに枝を凍らされた事によって封じられた過去の反省から、冷気の届かぬ地中からの生産を試みた際に生み出された技術だったが、その尋常《じんじょう》ならざる兵士の量産速度は、新たなる武器としてルドボーンの力を大きく引き上げる結果となった。

新たに生まれる髑髏兵の数は、やがて敵である滅却師《クインシー》の爆撃による消失を上回り――気付けば、死を怖れぬ大軍勢となって赤土色の滅却師《クインシー》を取《と》り囲《かこ》んでいた。


「やだ……やだよ、こいつら……死ぬのを怖がってない……」

壊れかけていたバンビエッタの心に、過去の恐怖が蘇《よみがえ》る。

「……なん、で？　なんでよぉ……」

狛村《こまむら》と名乗った犬顔の隊長が、自らの心臓を犠牲《ぎせい》とし、死兵となって自分に迫ってきた時の恐怖が。

バンビエッタの戦う理由は、その大半が『死にたくないから』というものだった。

『見えざる帝国《ヴァンデンライヒ》』において、敗北者に与えられるのは処刑という名の『死』である。

だからこそ、彼女は戦い続けた。

戦いとは、彼女にとって永遠に死を回避し続ける為のプロセスであり、その為に命を捨てるなどという行為は理解する事すらできなかったのである。

狛村という男と戦った時に、彼女はこれまでに体験した事のない恐怖に囚《とら》われた。

『捨ててはおらぬ、ただ、かけたのだ』と言った死神。

あの時のバンビエッタは、正に死を司《つかさど》る神を相手にしたような恐怖を感じた。

だが、今、自分に群《むら》がってきている髑髏面の群れは更に異質だった。

命をかけているのではない、捨てているのでもない。ただ、最初から命が無いかのように振る舞っている人型の軍勢。自分達が死ぬ事すらシステムの一部に過ぎないとばかりに、無機質な『死』を抱《かか》えた髑髏の群れが襲ってくるではないか。

虚《ホロウ》ですらない、獣《けもの》ですらない、まるで、群体と化した巨大な昆虫の群れが、バンビエッタという存在を自分達の『死』の循環《じゅんかん》に巻き込もうとしているかのようだった。

それは、生ける屍と化しているバンビエッタにさえ恐怖を与える。

魂《たましい》と脳髄に刻まれた根源的な恐怖が、傷ついた彼女の脳を一時的に活性化させた。

ただ、恐怖の声をあげさせるためだけに。

「いや……いやぁ……。やだ、やだ、こわい、こわいよ……」

数百、数千の髑髏の群れが、絶《た》え間《ま》ない爆炎を乗り越えて炎の奥から湧《わ》いて出《で》る。

自分達の屍を、生きている体すらを踏み台とし、髑髏の群れは一つの巨大な触手と化して宙を舞うバンビエッタを呑み込もうとしていた。

自分が既《すで》に死んでいる事すら忘れた少女の顔が、まるで幼児《おさなご》のように震え歪む。

「リル……キャンディ……ミニー……ジジ……ッ！　助け……助けて……みんな……！」

そして、彼女が髑髏兵の巨大な波に摑み取られようとした瞬間——

白く禍々《まがまが》しいうねりが、一瞬にして消失した。

「！」

離れた場所から全景を見ていたルドボーン達は、その成り行きを見て驚愕する。

「な……なによ今の……」

頰《ほお》から冷や汗を垂《た》らすロリの目に映ったものは、廃墟《はいきょ》の方からこちらに飛来してきた小《こ》柄《がら》な滅却師《クインシー》の口が歪《いびつ》に変形を始め——次の瞬間、空を嚙《か》み砕《くだ》くかのような巨大な口が現れ、千体近い髑髏兵を一口で呑み込んでしまうという光景だった。

いったいあれだけの質量がどこに消えたのか、夜空の下には、滅却師《クインシー》と思《おぼ》しき複数の人影だけが残されている。

「う……うぁ……り、リル……？」

カタカタと震えるゾンビの瞳に映るのは、何かを咀嚼《そしやく》して軽く呑み込むリルトットの姿だった。

「不味《まじ》ぃ……いや、そもそも味がねえな。なんだコリャ」

今しがた食したものを不満げに評するリル。

ジジがその背後からヒョッコリと現れ、バンビエッタの頭部を両手で掴む。

「んもう、しょうがないなぁッ！　バンビちゃんったら、本当に役立たずなんだからッ！　なぁに？　ご褒美《ほうび》欲しくないの？　欲しくないなら寝てていいんですけど？　ボクは別に困らないんだからねェ？」

「あ……い、いや、違うの……ごめんなさい……ごめん、ジジ……」

再び涙目になったバンビエッタと、それを見て恍惚《こうこつ》とした表情を浮かべるジジ。

そんな二人の様子を冷めた目で見て、リルが淡々とした調子でジジに言った。

「おまえ、よくそれで周りに『自分はSじゃない』って吹聴《ふいちょう》できるな……」

「？　なんで？」

本気で首を傾げるジジを見て小さく肩を竦めた後、リルは再び敵陣へと目を向ける。

「やれやれ、まだどんどん湧いて来やがる。ゴキブリかこいつら」

「そういえば、大丈夫なのー？　虚《ホロウ》食べたら胸焼けするとか言ってたけど」

「無理矢理消化するしかねえだろ、こんな状況じゃよ」

自らの能力『食いしんぼう《ザ・グラタン》』を使用し、異形化させた口で大量の敵をむさぼり食う事で霊力を取り込んだリルだが、それは決して簡単な事ではなかった。

滅却師《クインシー》にとっては毒である虚《ホロウ》の霊力。それを取り込むなどという事は本来自殺行為であり、リルを含めた一部の聖文字《シュリフト》持ちでなければとうに動けなくなっている事だろう。

臓腑《ぞうふ》を蝕《むしば》む感覚と戦いながら消化を続けるが、それを欠片《かけら》も表情に出さぬままリルはジジとバンビに声をかけた。

「あと二、三回は食えると思うが、今の連中はマジで味も栄養もねえ。腹の足《た》しにならねえクソゴミだ」

そして、髑髏兵を生み続ける何本かの『樹』と、その中心にいる下半身を樹木のように変化させた破面《アランカル》へと目を向ける。

「んじゃ、とっとと味のありそうな奴を食うか。……不味そうだけどな」

「ぬう……！」

自分の身に迫る脅威を感じ取り、ルドボーンが呻《うめ》きをあげた。

三人集まった滅却師《クインシー》達が攻勢をしかけてきたのだが、先刻髑髏兵達を『喰った』滅却師《クインシー》が、飛廉脚《ひれんきゃく》で宙を舞いながらこちらに一直線に向かって来る。

髑髏兵達を殺到させるが、先刻の爆発を操《あやつ》る滅却師《クインシー》がそれを牽制《けんせい》する形で霊子を撃ち出していた。

爆風で足止めされた軍勢の間を縫《ぬ》うような形で接近してくる小柄な滅却師《クインシー》を見て、ルドボーンは髑髏兵達の肉壁を造り防御した。

「不細工な皮で包みやがって」

無表情で呟いた滅却師《クインシー》の口がスライムのように歪み、そのまま横に広がっていく。

皮ごと中身を喰らわんとした『一口』は、髑髏兵達の壁をあっさりと消失させた。

だが――

「……中身がねえ」

どうやら壁は目眩《めくら》ましだったようで、中にいたルドボーン達はすでに移動している。

そして、滅却師《クインシー》の背後からロリが解号《かいごう》を叫びながら躍《おど》り掛《か》かった。

「毒せ！『百刺毒娼《エスコロペンドラ》』！」

巨大なムカデ状の姿になった斬魄刀を身に纏い、ロリはその一部を刃のように振るう。

「！」

滅却師《クインシー》は間一髪でそれを躱《かわ》すが、その一撃が打ち下ろされた砂漠の砂がドロドロに溶け始める。

「溶けなさい！」

ロリは叫びながら滅却師《クインシー》に一撃を加えようとするが——

ムカデの体を思わせるその触手が、空中で消え去った。

「なッ……」

「……無駄に辛《かれ》ぇな。だが、まあまあか」

「あ、あんた！　私の帰刃《レスレクシオン》の一部を……！」

——喰われた。

斬魄刀に封じていた本来の自分の力の塊を喰われた事に気付き、ロリは青ざめる。

致命傷には程遠いものの、自分の体の一部が喪失した感覚に恐怖を覚えた。

だが、彼女が真に驚愕したのは、その直後の事だった。

「……ふん」

滅却師《クインシー》が矢を周囲にばらまき、髑髏の群れやそれを生成する樹の分体に突きたてる。

すると、その矢を身に受けた髑髏兵や樹が、今しがたの砂のようにドロドロと溶解していくではないか。

「私の……毒⁉」


「なんとか消化できそうだ。オレの胃酸の方が強かったな」

リルは溶けていく敵軍を見ながら、あっさりとした調子で呟いた。

『食いしんぼう《ザ・グラタン》』の能力は、ただ相手を喰らうだけではない。

食い千切った対象が持つ特有の力を、『食べた部分を消化するまでの間だけ』自在に使う事が可能であり、その使い方も本能的に理解するという副次的な力も持ち合わせていた。

かつての戦争ではペペという男を『喰った』ものの、戦う相手であるユーハバッハにはペペの力は通じそうもないため、その本領を発揮する事は無かったようだ。

もっとも、彼女がジジに語ったところによると、『あんなゲロマズ野郎の力なんか使えるか』との事なので、結局ペペという男は報復と霊力補給の為だけに食い殺されたと言えるのかもしれない。

「さて……どこに隠れやがった？」

――バンビみたいに短絡的な真似《まね》はしたくねえが……奪い取《喰い千切》ったこの『毒』を手当たり

次第《しだい》に撒《ま》いて炙《あぶ》り出《だ》すか？

――いや、まずは解毒《げどく》できる可能性のある奴から殺《や》っておこう。

そして、リルはその弓を一人の破面《アランカル》へと向けた。

今しがた『毒』の力を奪い取った、ツインテールの女破面《アランカル》へと。


「ひッ……」

自分に自分の毒は効《き》くのかどうか、ロリは試した事はない。

だが、かつてこの虚圏《ウエコムンド》の王であったバラガンが自らの呪《のろ》いによって死んだという話を聞いていたロリは、さっと青ざめて逃げようとする。

だが、帰刃《レスレクシオン》後の体の一部が喰われていたせいで、バランスを崩して転んでしまう。

「ロリ！」

そんな彼女を助けようと駆け寄ったメノリに、ロリが目を見開きながら叫ぶ。

「馬鹿！　あんたは逃げ……」

二人の会話を待つ事なく、滅却師《クインシー》の弓から毒矢が放たれ――


次の瞬間、大量の水が、毒を纏った矢を周囲の髑髏兵ごと押し流した。

「え……？」

「まさか……」

自分達を護った水のバリア。

砂漠には似つかわしくない大量の水が宙を舞う姿を見て、ロリとメノリは抱き合いながら何が起きたのかを察した。

そして、いつのまにか姿を現していたルドボーンは、深々と頭《こうべ》を垂れながら謝罪の言葉を口にした。

「おお……このような場所までおいで下さるとは。お手を煩《わずら》わせてしまった事、なんとお詫《わ》び申し上げるべきか……」

すると、その謝辞を遮《さえぎ》る形で、その場に現れた破面《アランカル》が口を開く。

「お前が謝る事はない。私こそ、来るのが遅れてすまなかった」

牙を思わせる面に覆《おお》われた口元を長い襟《えり》で隠した破面《アランカル》——ティア・ハリベルは、斬魄刀にて操る水を宙を流れる川として巡《めぐ》らせながら、空中にいる滅却師《クインシー》に目を向けた。

「……お前達の王は死んだ筈だ。何故、私達の領域を荒らす？」

問い掛けたハリベルとは対照的に、更に後から現れた男が凶悪な笑みを浮かべながら言った。

「はッ！　理由なんざなんだっていいだろ？　売られた喧嘩《けんか》は買うまでだ」

現れた破面《アランカル》を見て、かつて彼に殺されかけた事のあるロリとメノリが悲鳴を上げる。

「ぐ、グリムジョー！」

「ひッ……」

だが、グリムジョーはそんな二人を見て「あぁ？　どっかで見た面《つら》だな……」と首を傾げていたが、特に興味もないのか、すぐに視線を外してしまった。

「久々に派手な霊圧を感じたから来てみりゃ、こりゃなんの祭だ？　俺を除《の》け者《もの》にするたぁ、随分《ずいぶん》と良い度胸じゃねえかルドボーン！」

「……何度も滅却師《クインシー》の討伐《とうばつ》の助力は請《こ》うたのですが……」

困惑《こんわく》するルドボーンに、グリムジョーは欠片《かけら》も悪びれずに答える。

「雑魚にゃ興味ねえよ。だが、こいつらは随分と活《い》きが良さそうだ」

以前ほど見境《みさかいな》無しではないものの、典型的な戦闘狂の節《ふし》があるグリムジョー。

そんな彼を諫《いさ》めるかのように、更に後ろにいた破面《アランカル》が言った。

「いきなり跳《と》びかかっちゃダメよ、グリムジョー。まずは相手の目的と能力を探らないと」

「あぁ？　すっこんでろよネリエル。目的も糞も、全員ぶっ殺しちまえばそれで終わりだろうが」

「そう言って、尸魂界《ソウル・ソサエティ》で滅却師《クインシー》に殺されかけていたのは誰だったかしら？」

「……てめえ」

挑発とも取れるネリエルの言葉に、苛立《いらだ》ちの目を向けるグリムジョー。

虚無《きよむ》にも似た静寂《せいじゃく》が広がる砂漠の中で、派手な爆炎は破面《アランカル》の有力者達の気を引くのには充分だった。

実質的に破面《アランカル》の中でもトップクラスの実力者達が集まった現状を見て、ルドボーンは感激を隠して心中で噎《むせ》び泣《な》く。

メノリは『とりあえず助かった』と安堵し、ロリは強者達《つわもの》への嫉妬《しっと》と無力な自分への苛立ちを覚え、悔《く》しそうに歯噛みした。

奇《く》しくも強者が三人ずつ揃った形となり、更に戦いは激化すると思われたのだが——彼らはまだ、気付いていない。

砂漠の騒動に引き寄せられたのは、虚圏《ウエコムンド》の住人だけではなかったという事に。

「おーおー、なんかヤバそうな連中が出て来やがったな」

大量の水を警戒して距離を取るリルに、ジジが更に後方から語りかけた。

「あれって、銀架城《ジルバーン》にいた捕虜《ほりよ》の人じゃない？」

「ああ、ユーハバッハが直接捕まえた破面《アランカル》のボスだ。油断《ゆだん》できる相手じゃねーな」

新たに現れた破面《アランカル》達の能力を予測しながら、リルは簡単な指示を出そうとする。

「ジジ、あの水にお前の血を……」

だが、その言葉は途中で途切れる事となった。

ゾワリ、と、急激な寒気《さむけ》がリル達の背筋《せすじ》を襲《おそ》ったのである。

――なんだ？　この気味悪《わり》ぃ霊圧は？

リルは今しがた現れた三人の破面《アランカル》達に目を向けるが、彼女達のものではないようだ。

それどころか、破面《アランカル》達も同じ感覚を覚えたようで、こちらに警戒の目を向けている。

今まで感じた事のない、しかし、それでいてどこか馴染《なじ》みのあるような霊圧の出所を探っていると――

『それ』は、唐突《とうとつ》に空から現れた。

夜空高くに開かれた、黒腔《ガルガンタ》にも似た小さな門。

そこから飛び出した小柄な人影が、件《くだん》の霊圧を振りまきながら凄《すさ》まじい勢いで地上に落下し、高さ数百メートルの砂煙を立ち上らせた。

数秒後、そこには滅却師《クインシー》達の攻撃が生み出したものよりも遥かに広大なクレーターが生まれており、その中心に濃密な霊圧の塊が渦巻《うずま》いている。

「なに……？　この霊圧……」

「……妙な霊圧だ。死神と虚《ホロウ》の匂いが混じってやがる」

ネリエルの言葉に続いて、グリムジョーが反応する。

——黒崎の野郎との殺し合いを邪魔した、あの金髪の仮面野郎にも似てやがるな。

グリムジョーはその名を知らなかったが、かつて彼の前に現れた仮面の軍勢《ヴァイザード》の一人——平子真子《ひらこしんじ》と似通った、それでいて更に不気味な霊圧を感じながら警戒の目を向ける。

すると、それまで無言だったハリベルが声をあげた。

「……アパッチ達の混獣神《キメラ・パルカ》に似ているな……」

混獣神《キメラ・パルカ》。

ここにはまだ到着していないが、ハリベル直属の部下である三人の破面《アランカル》が、それぞれの腕を一本ずつ犠牲にする事で生み出される凶悪な魔獣だ。

「アヨンか。確かにそんな匂いもしやがるな」

無数の要素が入り交《いま》じる、不気味な霊圧。

いったい如何なる化物が砂煙の中から現れるのか。

破面《アランカル》達が警戒を続けていると、やがてその煙が晴れ——

「アイタタ……砂って、飛び込むと硬くなるんですね。勉強になりました！」

緊迫した空気を壊すような声が響き、死覇装《しはくしょう》に似た雰囲気の黒い衣服を纏った子供が顔を出す。

美形だが中性的な顔だちの、少年とも少女ともつかない『それ』は、周囲にいる破面《アランカル》の集団を見て満足そうに頷き——次に、三人の滅却師《クインシー》を見て首を傾げる。

「あれ？　滅却師《クインシー》？　滅却師《クインシー》はどうすればいいのか聞いていませんでした。どうしよう」

そんな独り言を呟きながら立ち上がると、『それ』は破面《アランカル》達の方に向き直る。

「でも、まずは時灘《ときなだ》様から言われた事をしないと……」

全く緊張した様子のない、場違いな子供。

端《はた》から見るとそのような印象だが、それを見て笑ったり警戒を解いたりする者はいない。

こんな状況で平然としている事自体が異常であるし——先刻から感じる禍々しい霊圧は、間違い無く目の前の子供が発しているのだから。

「そこで止まれ。……何者だ?」

斬魄刀を構えたまま、ハリベルが尋ねる。

既にルドボーンが新たな兵隊を無数に生み出しており、数千体という髑髏兵の群衆に囲まれたまま、『それ』は無邪気《むじゃき》な笑みを浮かべて名乗りを上げた。

「はい! 自分はヒコネ! 産絹《うぶぎぬ》彦禰と言います!」


彦禰と名乗った子供は、殺気だった破面《アランカル》達を前に、全く動じていない。

そんな彼を見て、リルが言った。

「……イヤな感じがしやがる。あのガキ、目が全然笑ってねぇ」

ジジのゾンビにも似た空気を感じながら、リルは無表情のまま更に言葉を続ける。

「それに、見知ったクズ野郎の気配も感じやがる……どうなってんだ?」


困惑する周囲の空気の中、彦禰は静かに一礼し、自分の目的を口にした。

「ええと、破面《アランカル》の皆さんに、時灘様から贈り物があります」

「時灘……?」

全く知らぬ名が出て来た事で、破面《アランカル》達は更に困惑する。

「バラガンさんという方と、藍染さんという方がいなくなって、この世界には王様がいなくなったと聞きました」

彦禰が朗《ほが》らかな調子でそう言うと、破面《アランカル》達の困惑の何割かが敵意に変わる。

その空気の変化に気付いているのかいないのか、彦禰はそのまま言葉を続けた。

「ですので——時灘様は、このヒコネを虚圏《ウエコムンド》の王様にもして下さるそうです！　良かったですね！　いい王様になれるように頑張ります！」

ペコリと頭を下げた彦禰。

その背に向かって、髑髏兵達の刃が躍り掛かった。

「不敬極《きわ》まりない。藍染様に成《な》り代《か》わろうなどと、戯《たわ》けた事を」

冷静な声をあげるルドボーンだが、今の言葉を藍染への侮辱と受け取ったのか、その内面には激しい感情の波が溢《あふ》れていた。

だが、彦禰は襲いかかって来た髑髏兵達の攻撃を避けようともせず、そのまま全身で受け止める。

すると、激しい衝突音が聞こえ——髑髏兵達の折れた刀が宙を舞った。

「……鋼皮《イエロ》⁉」

ネリエルが驚きの声をあげる。

自分達破面《アランカル》の特性である硬化皮膚を、何故あの死神のような子供が持っているのか。

疑念を抱《いだ》くネリエルの前で、彦禰は嬉しそうに周囲の破面《アランカル》達を見て言った。

「誰も納得はしないだろうと、時灘様がおっしゃっていました。流石《さすが》時灘様です。その通りになりました」

そして、彦禰は自らの腰に差した斬魄刀を抜き放つ。

現れた刀身を見て、破面《アランカル》達は周囲の温度が下がるのを感じ取った。

通常の死神や自分達が使っているものとは、明らかに異なる雰囲気を纏っている。

その違和感の正体を破面《アランカル》達が確かめるよりも先に、彦禰は高らかに『時灘様』の指示を歌い上げた。

「その場合は……納得するまで、心を折るまで、打ちのめせ、だそうです！」

言うが早いか、彦禰は手にした斬魄刀を握《にぎ》り締《し》め、笑顔のままその刃の名を口にする。

「星を巡れ──已己巳己巴《いこみきどもえ》！」

四章

九番隊舎《たいしゃ》

「…………」

副隊長の執務机《しつむづくえ》に座り、過去の瀞霊廷通信《せいれいていつうしん》を眺《なが》めて考え込む檜佐木《ひさぎ》。

そんな彼の背に、隊長である六車《むぐるま》の声が掛けられる。

「おう、浮かねえ顔だな、修兵《しゅうへい》」

「あ、隊長……」

「さっきの話だろ？　まあ、お前がイラつくのも無理はねえ」

「……すんません、顔に出てましたか、俺」

自分では感情を押し殺していたつもりだったが、どうも上手《うま》くいっていなかったらしい。

大きく深呼吸した後、檜佐木は六車に問い掛けた。

「隊長は、知ってたんすか。東仙《とうせん》隊長……いえ、東仙要《かなめ》の過去を」

「……少しぐらいはな」

檜佐木は今でも感情が高ぶると東仙の事を『東仙隊長』と呼ぶ癖がある。

現在の隊長である六車に対して無礼なのは理解しているが、どうしても東仙の事となると理性が抑《おさ》えきれないようだ。

六車もそれを理解しているからか、敢《あ》えてその事については咎《とが》めていない。

「俺は部下の過去とか気にかける方じゃねえからよ。深くは聞かなかったし、聞かなくても充分に信頼できる仕事ぶりだったしな。……今思うと、もっと踏み込んでやるべきだったのかもしれねえが」

「綱彌代《つなやしろ》って貴族の事は……？」

「それこそ、俺にとっちゃ貴族なんざどうでもいい世界の話だ。京楽《きょうらく》さんとか朽木《くちき》とか夜一《よるいち》ならまだしも、普通の貴族ってのは、あんまり近づきたい連中じゃなかったしな」

檜佐木も死神の貴族達の傲慢《ごうまん》さと理不尽《りふじん》さは理解している。

大前田《おおまえだ》のようにどこか愛嬌《あいきょう》のある傲慢さならまだしも、少し前までの中央四十六室《ちゅうおうしじゅうろくしつ》に見られたような貴族達の振る舞いは酷《ひど》いものだった。

件《くだん》の戦争を経《へ》て、四十六室にも意識改革が起こったと聞いているが、それでも、貴族街に棲《す》む者達の中には平民《へいみん》や流魂街《ルコンがい》の出身者をあからさまに見下している者が多い。

「全員が夜一さんみたいなら良かったんすけどね」

「……それはそれで厄介《やっかい》な空気しか感じねえな」

貴族街を夜一の集団が飛《と》び跳《は》ねている姿を想像して眉《まゆ》を顰《ひそ》めた六車は、過去を思い出しながら言葉を続けた。

「そういや、白哉《びゃくや》の奴《やつ》もガキの頃は夜一にからかわれちゃ激怒して可愛《かわい》げがあったんだが、すっかり貴族っぽくなっちまいやがって」

「仕方ないっすよ。なんせ四大貴族の当主なんですから」

「夜一も昔は同じ立場だった筈《はず》なんだがな……」

六車はそう言いながら机上にある『瀞霊廷通信』を手に取ると、それをパラパラと捲《めく》りながら檜佐木に問い掛ける。

「しかし、良く引き受けたな？　事情が事情だ、断《ことわ》って他の隊に話を回しちまっても良かったと思うぜ？」

「……俺も、迷っちゃいるんすけどね」

三

半刻前《はんとき》　一番隊舎

「……解《わか》りました。その号外の件、引き受けます」

「え？　本当に？　……いいのかい？」

驚いたように言う京楽に、檜佐木は力強く頷《うなず》いた。

「ええ、ですが、瀞霊廷通信は、過去の編集長達から受《う》け継《つ》いできた俺の城みたいなもんすから……号外を造《つく》るに値する奴かどうか、まずは自分の手でそいつの事を取材します」

「思ったより大きく出たねぇ……。あー……言っておくけど、過去を蒸《む》し返《かえ》すのは金印《きんいん》貴族会議から睨《にら》まれる事になると思うよ？　四十六室の方はナユラちゃんに頼めばなんとか押さえられると思うけど」

「いえ、俺が取材するのは、過去じゃない……今のその男です。俺が見たままを正直に書きますが、それでも良ければ、俺にその号外を任《まか》せて下さい」

「……私怨《しえん》はないのかい？」

試すような口調で尋《たず》ねる京楽に、檜佐木は僅《わず》かな沈黙を挟《はさ》んで答える。

「あるに決まってるじゃないすか……。いや……俺の直接の恨《うら》みってわけじゃないですけど……。とにかく、俺の感情で記事を曲げるのは、それこそ東仙隊長への侮辱《ぶじょく》ですから」

ここでも彼は東仙『隊長』と言ってしまったが、七緒《ななお》が僅かに目を細めたものの、誰も直接指摘する事はなかった。

京楽は暫《しば》し真剣な目で檜佐木を見た後、軽く肩を上下させてから口を開く。

「そっか、じゃあ、お願いしようかな。でも、無理はしちゃ駄目《だめ》だよ。相手はボク達護廷《ごてい》十三隊《じゅうさんたい》とは違う理《ことわり》で動いている貴族達の筆頭だ。もしかしたら、取材をしている君に搦《から》め手《て》で何かちょっかいを出してくるかもしれない」

「覚悟の上ですよ。そんなのにビビってるようじゃ海千山千の死神相手に取材なんかできませんからね」

「ほんとに？　乱菊《らんぎく》ちゃんみたいな艶《つや》っぽい子が色仕掛けしてきても大丈夫かい？」

「え？　俺、そういうのに引っかかりそうなイメージなんすか……？」

慌《あわ》てて檜佐木は七緒に目を向けるが、彼女はそっと目を逸《そ》らした。

続いて六車に顔を向けると、

「まあ、副隊長の中じゃ大前田の次に引っかかりそうだな」

と、正直な感想を述べられる。

「大前田の次!?」

「あー、でも大前田は金は持ってるから、意外と遊び歩いて色事にゃ慣れてるかもな。ってことはお前が一番……」

「いやいやいや！　阿散井《あばらい》とかの方が……方が……」

過去にあった様々な事──具体的には、涅《くろつち》マユリから『斬魄刀《ざんぱくとう》の性別を変えられるヨ』と言われた時の自分と恋次《れんじ》の反応などを思い出し、彼と五十歩百歩である事を自覚する。

「まあ、そんな話はいいじゃないっすか！　とにかく、この件は任せて貰《もら》いますからね！」

「そうだね、そのぐらい心に余裕を持った方がいいよ。張り詰めてるだけじゃ貴族の相手をするのは辛《つら》いからね」

「京楽隊長……」

今しがたの言葉が『何か』に追い込まれかけていた自分の緊張をほぐす為《ため》のものであったと気付き、檜佐木は京楽に感謝しながら改めて言った。

「解りました。瀞霊廷通信の名前にかけて、この仕事引き受けさせて頂きます」

「ああ、ボクにも協力できる事があるなら言ってよ。総隊長の仕事も意外と忙しいから、つきっきりってわけにはいかないけどね」

「ありがとうございます！　あッ……」

そこで、檜佐木は思い出した。

総隊長に対して、直接問い掛けねばならない事を。

「？　どうしたんだい？」

首を傾《かし》げる京楽に、檜佐木は真剣な表情で話を切り出した。

「京楽隊長……話が変わりますけど、もう一つ、聞きたい事が」

「なんだい？　ボクに答えられる事ならいいけど」

「……浮竹《うきたけ》隊長と、銀城空吾《ぎんじょうくうご》の事です」

「………………」

京楽の表情に僅かに影が差し、暫しの沈黙を経て彼の口が開かれる。

「参《まい》ったねえ、このタイミングで、どうしてそれを？」

「今日、銀城に会いました」

「！　そうか……ああ、彼の事は別にどうこうしなくてもいいよ。彼の処遇《しょぐう》については、浮竹からできる限り猶予《ゆうよ》を延ばしてくれと頼まれていてね」

今は亡《な》き親友の顔を思い浮かべながら、京楽はそっと虚空《こくう》に目をやった。

「浮竹隊長が……」

「表向き、彼は無罪だなんて言えないから、事実上は黙認と様子見《ようすみ》って形だけどね」

苦笑を浮かべた後、京楽は肝心《かんじん》の事について檜佐木に尋ねる。

「それで……彼から話を？」

「ええ、でも、片方の話だけ聞いて鵜呑《うの》みにするわけにはいかないんで」

「そういう所はキッチリしてるねえ。いい事だと思うよ、うん」

檜佐木の仕事に対する姿勢に安堵《あんど》したような笑《え》みを浮かべると、京楽は小さく溜息《ためいき》を吐《つ》きながら言葉を紡《つむ》ぎ出《だ》した。

「とはいえ……少し、時間をくれないかい」

「時間、ですか」

「あの件は、浮竹が一人で抱《かか》え込《こ》もうとしてた節《ふし》があってね。ボクもコトの全容を掴《つか》んでいるわけじゃない。だけど、今のボクの立場なら曖昧《あいまい》だった所も色々とハッキリさせられると思う。そうなれば、銀城空吾にもある程度恩赦《おんしや》が出る可能性だってあるだろうさ」

そこまで言った後、京楽は片目をスウ、と細める。

「……逆に、誰か死神の中に咎人《とがにん》が出る可能性もね」

「……解りました。それまで、待たせて頂きます」

その後、軽い打ち合わせといくつかの『取材許可』を取り付け、檜佐木は一番隊舎を後にした。

帰路を急ぎながら、改めて号外発行の指示について考える。

——綱彌代時灘《ときなだ》。

脳裏《のうり》に刻《きざ》まれた名を何度も噛《か》みしめつつ、自分の感情を押し殺そうとしながら隊舎に向かう彼の顔はとても険《けわ》しく——途中ですれ違った山田花太郎《やまだはなたろう》を怯《おび》えさせるには充分なものだった。

≡

現在　九番隊舎

「おっと、こんな時間だ。すんません隊長、取材に行ってきます」
「忙しい奴だな。次はどこに行くんだ？」
「十一番隊です。斑目《まだらめ》と綾瀬川《あやせがわ》の奴に、『霊王《れいおう》の左腕』って奴の事を取材しに」

≡

半刻後　十一番隊舎　休憩所

「まあ……俺らが見たのはそんな感じだ。ちったぁ役に立ったか？」

「実際、あの戦いでは僕らは殆《ほとん》ど見てるだけだったからね。しまらない話さ。ああ、ネムちゃんの戦いは、あまり認めたくはないけど美しかったよ」

一通りの事を語り終えた斑目と弓親《ゆみちか》に対し、檜佐木は眉を顰めながら答える。

「とりあえず、涅隊長がいつも通りイカれてたってのは良く解った。ネムさん、無事に治るといいけどな……」

「治るっつーか、もうすぐ新しい体ができるらしい。あと数年もすりゃハイハイで瞬歩《しゅんぽ》ぐらいはするだろうって阿近《アコン》の奴が言ってたぜ」

「どんな絵面《えづら》になるんだ、それ」

想像ができず首を傾げていたが、檜佐木はそれについては深く言及せず、別の疑問について尋ねる事にした。

「で、確かに『霊王の左腕』って、涅隊長は言ってたんだな？」

「おう、その辺は、俺にもさっぱり意味が解らなくてな……」

その噂《うわさ》を聞いたからこそ、わざわざこうして二人に戦いの詳細《しょうさい》を聞きに来たのだ。

檜佐木は浮竹隊長に宿《やど》っていた『霊王の右腕』と、何故《なぜ》か『見えざる帝国《ヴァンデンライヒ》』の陣営にいた『霊王の左腕』に何か関連があるのかという事を調べようとしていたのである。

浮竹十四郎《じゅうしろう》に宿《やど》っていた『ミミハギ様』と呼ばれる土着の神。もしもそれが本当に霊王の右腕だったとするならば、一体何故、霊王の腕が体から切り離されていたのだろうか。場合によっては浮竹の名誉にも関わる事なので、噂と真実の境目《さかいめ》をハッキリさせておきたかったのだが──この取材によって、事態はますます混沌《こんとん》とした様相を見せ始めた。

「あいつ、口調を変えて妙な事を言ってたね。『余《よ》は元より、滅却師《クインシー》である』だったかな」

「………?」

弓親の口から唐突《とうとつ》に出て来た言葉に、檜佐木は再び眉を顰める。

「いや、そりゃおかしいだろ。なんで霊王様の左腕が最初から滅却師《クインシー》なんだよ。どこかで霊王様の左腕を手に入れた滅却師《クインシー》の連中の誰かが、浮竹さんみたいに体に取り込んでたとか、そういうアレじゃねえのか?」

「知るもんか。僕達だってそのやり取りが全部聞こえてたわけじゃないからね」

「斑目は?」

「弓親が解らねえ理屈を俺がどうこう言えるわけねえだろ。涅隊長に聞けよ」

もっともな話なのだが、檜佐木はそこで溜息を吐いた。

「吉良《きら》の事とか、別件で色々と取材申請《しんせい》はしてんだけどよ……。この半年、ずっと忙しいらしくてな。取材拒否だ。新しい研究が山積みなんだとよ」

愚痴《ぐち》っぽくなってしまった事に気付き、檜佐木は肩を落としながらフォローの言葉も口にする。

「まあ、大半は瀞霊廷の復興とネムさんの事なんだろうから仕方ねえが……」

「大変そうだな。お前、元からそういう事務仕事にゃ向いてねえだろ」

「向く向かないの話じゃねえよ。斑目だって、人に『お前に戦いは向いてないから止《や》めろ』なんて言われたって聞きゃしねえだろ？」

「おう、そんな巫山戯《ふざけ》た事を抜かした奴をまずぶった斬《ぎ》るな」

物騒な返しをする斑目に溜息を吐いた所で、檜佐木は一つ思い出した。

「そういや、お前、妹いたんだな。取材で空座町《からくらちょう》の今の担当の名前調べたら、斑目って名前が出て来て驚いたぞ」

「ああ……志乃《しの》か。妹なのか従姉妹《いとこ》なのか良く解んねえんだけどな。空座町に出向いた初日に十匹ぐれえの巨大虚《ヒュージ・ホロウ》に伸《の》されて一護《いちご》に助けられたらしいが、まだまだだな。やっぱり十一番隊は無理だって言っといて良かったぜ。うちの乱暴な男連中にゃ混《ま》ぜられねえ」

ぶっきらぼうに言いつつも心配している様子の斑目に対し、檜佐木の代わりに弓親が淡々《たんたん》と指摘する。

「まあ、巨大虚《ヒュージ・ホロウ》十体が相手だと、十一番隊でも平隊士一人なら死ぬよね、普通」

「……そうだぞ斑目。全員が更木《ざらき》隊長やお前じゃねえんだ」

檜佐木は曖昧《あいまい》な合いの手を入れ、目を伏《ふ》せる。

彼の脳裏《のうり》に思い浮かぶのは、まだ真央霊術院《しんおうれいじゅついん》の生徒だった頃——後輩を連れた研修で巨大虚《ヒュージ・ホロウ》に襲われ、蟹沢《かにさわ》という仲間を失った時の事だった。

当時の檜佐木には為《な》す術《すべ》も無く、結局後から現れた藍染《あいぜん》と市丸《いちまる》ギンが二人で蹴散《けち》らした事で事件は簡単に収束《しゅうそく》したのである。

——今の俺は、あの時の藍染や市丸ぐらいには強くなれてるのか……？

そんな事を思いつつも、手に入れたかったものはあの強さではないとも自戒《じかい》する。

あの戦い以降、戦いに恐怖を覚えていた自分に『道』を与えてくれたのが東仙だと再確認し——同時に、京楽から聞かされた男の名を思い出した。

綱彌代時灘。

東仙に道を誤《あやま》らせた、そもそもの原因である男。

——本当にそんな奴が、四大貴族の当主に？

「おい、どうした檜佐木？」

「お？　ああ、いや、悪《わり》ぃな。考え事をしてた」

斑目の声で我に返り、檜佐木は自分を戒《いまし》めつつ、『霊王の左腕』に話を戻す。

「誰か他にその戦いを見てた奴ってのはいないのか？　できるだけ多くの情報を集めときたいんでな」

「ああ、一応、いるっちゃいるぜ」

「誰だ？」

てっきり斑目達しか傍観者は居なかったと思っていた檜佐木が興味を持って尋ねると、斑目はあっさりとした調子でその人物の名前を告げた。

「山田がすぐ側《そば》で寝っ転がってた筈だぜ。ほれ、四番隊の三席の」

≡

半刻後　四番隊舎

「いや、あの……僕、本当に麻痺《まひ》して倒れてただけなんで……」

何故かビクビクとこちらの顔を窺《うかが》っている花太郎に首を傾げながら、檜佐木は空振《からぶ》りだったかと考える。

『霊王の左腕』らしきペルニダという滅却師《クインシー》との戦いの際、花太郎は涅マユリの斬魄刀の能力に巻き込まれて全身の筋肉を麻痺させられていたそうだ。

「ていうか、なんで俺の顔見てそんなにビビってんだ？」

「え？　いや、あの……さっき道で怖《こわ》い顔してたんで、何か機嫌《きげん》が悪いのかなって……」

「……ああ、悪《わり》ぃ。さっきは虫の居所《いどころ》がちょっとな」

――そんなに顔に出てたのか、俺。

檜佐木は反省しつつ、誤魔化すように言葉を紡ぐ。

「なに、この後、貴族街に取材に行かなきゃならねえんだが、どっからどう手をつけていいか解らなくてな。それでイライラしてただけさ」

「え？　貴族街に？」

「ああ、一応立ち入りの許可は貰ったんだが、どの施設《しせつ》からどう取材するかってのがな……朽木隊長や夜一さんは忙しそうだし。四十六室や貴族会議周《まわ》りは手続きが面倒だしよ」

後半の言葉は、誤魔化しなどではなく本心だった。

京楽から時灘という人物についての取材をするため、貴族街への自由な立ち入り許可は得たものの、貴族周りの各施設への取材許可は個別に取る必要がある。

直接綱彌代家に行くのは時期尚早《しょうそう》だと考えていた檜佐木は、とりあえず阿万門《あまかど》ナユラの管理する大霊書回廊《だいれいしょかいろう》の文献から当たるかと考えていたのだが――

「ええと、貴族街に詳《くわ》しい人なら、一人いますよ」

「え？　四番隊にか？」

「い、いえ……違いますけど……でも、今日は休みだって言ってたんで、大丈夫だと思います……」

「？　いったい誰だ？」

檜佐木の問いに、花太郎はやや申《もう》し訳《わけ》なさそうに頭を下げながら、何故か自信なげに答えた。

「は、はい……山田清之介《せいのすけ》と言って……僕の兄、です……多分。さっき帰ったばっかりなんで、今なら実家か貴族街の真央施薬院《しんおうせやくいん》にいると思います」

「ああ！　そういえば真央施薬院の総代が山田って名前だったたな！　花太郎の兄貴だったのか！　俺が編集長になる前、何度か記事になってたから覚えてるぜ。……っていうか、『多分』ってなんだよ」

「……兄さんは、僕と違って回道《かいどう》の才能がありますから……。本当に兄弟なのかなって時々不安になるんですよね……」

「お前の方がそんな心配してどうすんだよ……」

溜息を吐きながら、檜佐木は花太郎を元気づけようとする。

「安心しろよ。お前の回道の評判は瀞霊廷通信の意識調査でもトップクラスだぞ？」

「……そんな……。あッ……？　も、もしかして、それも兄が僕を憐《あわ》れんで、みんなに賄《わい》賂《ろ》を渡して投票させたのかも……。ご、ごめんなさい、すみません！」

「虎徹《こてつ》隊長といいお前といい、なんで四番隊の腕利《うでき》きはそんなネガティブなんだ……？」

――もしかしたら、卯ノ花《うのはな》さんが人一倍芯《しん》の強い死神だった反動なのかもな……。

そんな事を考える檜佐木だが、花太郎の回道の腕については、彼の目から見ても十二分に高いと言える。本人が言うように才能ではないのだとしても、努力だけで今のレベルにまで辿《たど》り着《つ》けたのならば充分に回道の才があると言って差《さ》し支《つか》えはないだろう。

事実、瀞霊廷通信に対して届く花太郎の評判も、『ネガティブな表情なので不安になる』というものもありはするが、大半は、治療に関してだけは前向きであり、その腕前と姿勢を評価する人々の声が大半だった。

大戦が終わった後も、気後《きおく》れどころか現場で井上《いのうえ》達と共に治療現場の最前線を駆け回っており、それを目にしていた者達は皆、花太郎を一廉《ひとかど》の死神として認めている。

その内の一人である檜佐木は、改めて花太郎の提案について考えた。

貴族街の施薬院のトップという事は、貴族の人間関係や評判について詳しい可能性は非常に大きいだろう。ならば、ここでコネクションを繋《つな》いでおく事は決して損ではない。

――まあ、花太郎の兄貴なら、きっと気さくな人だろ。

安易《あんい》な推測で前向きな考えに至《いた》り、檜佐木は花太郎の提案を受け入れる事にした。

「悪いな、花太郎。良ければ、お前の兄貴を紹介してくれると助かる」

その選択が、彼の運命をまた大きく変えたとも気付かぬまま。

≡

同時刻　一番隊舎

檜佐木が花太郎と会っているのと同じ頃――

一番隊舎でも、一つの再会劇が繰り広げられていた。

「久しいな、春水《しゅんすい》。私が蛆虫《うじむし》の巣《す》に送られかけて以来か」

大勢の供回りを連れて一番隊舎にやってきた大貴族――綱彌代時灘は、今は人払いをして一対一で護廷十三隊の総隊長と対面している。

「そうなるかな？　どのみち、数百年の間は軟禁状態だったたって聞いてたけどねえ」

「愚《おろ》かな話だ。本家の連中は、私に罪を背負わせるのを恥とし、私の存在自体を無かった事にしようとしたのだからな。そんな真似《まね》をするぐらいなら、私を正式に裁《さば》き、処刑なり追放なりするべきだった。家から罪人を出すのを躊躇《ためら》った結果はどうだ？　見ろ、その罪人にこうして全《すべ》てを奪われてしまった」

言葉だけを聞けば、自嘲《じちょう》気味とも受け取れる内容だ。

しかし、彼は満面の笑顔を浮かべてそれを語っており、京楽は時灘が心の底からこれまでの綱彌代家の面々を嘲《あざけ》り笑っていると感じ取る。

「……それは、キミが謀略《ぼうりゃく》で先代を始末したって自白だと受け取っていいのかい？」

「まさか。ただの皮肉に決まっているだろう？」

苦笑した後、時灘は目を細めながら言った。

「とはいえ、仮にそうだとしても、もはや私が当主だ。後から何か出て来たとしても、揉《も》み消《け》す事は容易《ようい》だろうな。かつて、私が友と家内を斬り捨てた時のような減刑ではない。完全に罪自体を無かった事にできる」

「そう上手く行くかねぇ？　今の四十六室は昔とは変わって来てるよ？」

「だが、貴族社会そのものは変わっていない。そうだろう？」

「…………」

「滅却師《クインシー》の群れに滅《ほろ》ぼされかけ、自分達は引きこもっているだけだったというのに、瀞霊廷の貴族どもの大半はそれでもなお、変わる事ができなかった。変わったのは、最初から世界に揉まれていたお前や朽木家、四楓院《しほういん》家といった一部だけだ。四大貴族の内、二家も前線で戦っているというのが笑い所だな。志波《しば》家も入れれば五大貴族の三家だが」

五大貴族。

四大貴族に近年完全に没落した志波家を加え、尸魂界《ソウル・ソサエティ》の開闢《かいびゃく》に関わっていると言われている『始まりの五家』だ。

綱彌代家はその五大貴族の筆頭とも言われており、実質的に政治とは隔絶《かくぜつ》されている霊王と零番隊《ゼロばんたい》を除き、瀞霊廷の中で最も発言力が強い存在であると言える。

そんな綱彌代家の現当主が、下卑《げび》た笑みに口元を歪《ゆが》ませた。

「当然、私も昔と変わってはいない。君への恨みもな、京楽春水」

「逆恨《さかうら》みだよ。ボクはただ、凶行に走ったキミを止めただけだ」

「完全に予想外だったよ。誰にも気付かれないまま、親友と妻に裏切られた悲劇の夫を気取るつもりだったんだが……まさか、女の尻《しり》ばかりを追いかけていた君がああも切れ者だったとはな。まったく、見事に私の罪を暴《あば》いてくれたものだ」

歪んだ笑みを浮かべたまま、過去の事を淡々と語る時灘。

「ボクは何も暴いちゃいないさ。『親友を口論の末に斬り殺し、咎めた妻もついでに斬り殺した』……そういう結論にしかできなかった時点で、肝心な事は全部藪《やぶ》の中だ」

京楽はそう返した後、ある『謝罪』を口にした。

「一つ、キミに謝《あやま》らなきゃいけない事がある」

「……なんだ？　お前が私に謝るなど。まさかとは思うが、私の罪を暴いた事を謝罪するから許してくれと言うつもりじゃないだろうな？」

すると、京楽は軽く首を振ってから、冷《さ》めた目で四大貴族の男を見つめる。

もしも周りに貴族の供回りが居れば、それだけで『不敬だ』と騒ぎだすような目で時灘を見据《みす》えながら、京楽は淡々と自分の罪を口にした。

「ルキアちゃんの処刑騒動の件……正直な話、事の真相が解るまで、少しだけキミの事も疑っていたよ。四十六室に裏から手を回して、本来よりも重い罰を与えたのかとね」

「おやおや、藍染のせいで私が罪を着せられるところだったのか？　だが、何故そう思った？　私には朽木ルキアを無理矢理殺す理由がないだろう？　何しろ会った事すらないのだから」

「朽木君が流魂街の住人である緋真《ひさな》ちゃんを娶《めと》った時にも、ルキアちゃんを養子にしようとした時にも……朽木家だけじゃない。綱彌代家からも反対の声があがっていたからね。復権しつつあった君が口添《くちぞ》えすれば、綱彌代家から手を回す事は可能だろうと思ってね」

「だから、そもそも私が口添えをする理由がないだろう？」

肩を竦《すく》める時灘に、京楽は言った。

「理由なんかいらない。ただの嫌《いや》がらせ……暇つぶしさ。目に着いた貴族に対するね」

「………………」

「単なる嫌がらせでそこまでやる。それがキミの本質だろう？　時灘」

「控《ひか》えろ、春水。たかだか護廷十三隊の総隊長ごときが、私を語るつもりか？」

そう言った時灘は、言葉とは裏腹に満面の笑みを浮かべている。

まさしく、京楽の言葉が一字一句その通りだと賞賛するかのように。

京楽はそんな彼に対して笑みは返さず、ただ、淡々と問《と》い質《ただ》した。

「それで？　わざわざここに来た用っていうのはなんなんだい？　護廷十三隊への苦情なら、金印貴族会議か中央四十六室を通してくれると嬉《うれ》しいねぇ」

「ああ、単純な話さ。連絡をつけて欲しい」

「連絡？」

「朽木はともかく、四楓院夜一は貴族の連絡網では連絡がつかなくてな。金印貴族会議でも居場所すら掴《つか》めていない。……だが、君ならあのジャジャ馬との連絡のつけ方ぐらい知っているだろう？」

時灘はそう言うと、夜一への言伝《ことづて》を書いた紙を渡してきた。

受け取って目を通すと、京楽は表情を消したまま時灘に問う。

「彼女はもう弟の夕四郎《ゆうしろう》君に当主の座を譲《ゆず》っているけど……何を企《たくら》んでいるんだい？」

「別に何も？　私は、ただ真っ当な提案をしようと思っているだけさ。尸魂界《ソウル・ソサエティ》の、いや、現世《げんせ》も虚圏《ウエコムンド》も含めた全ての世界の調和の為《ため》に」

欠片《かけら》も信用できない言葉を口にする時灘に、京楽は更《さら》に訝《いぶか》しんだ。

「本当に、それだけの為に来たのかい？」

「あとは、お前の顔を見に来たのさ。今はもうすっかり減ってしまった、霊術院時代の同期をな。おかげで、恨みが沸々《ふつふつ》と湧《わ》き上《あ》がってきたよ」

本気なのか冗談なのか解らぬ笑みを浮かべたまま、思い出したように時灘が付け加える。

「そういえば、浮竹はくたばったらしいな？」

「…………」

「霊王様の右腕を下卑た体に宿すなど、流魂街の貧民には身に余る光栄だったろうよ」

挑発するような物言いの時灘だが、京楽はそれに流されぬまま更に問う。

「銀城空吾。その名前は知っているかい？」

「……ああ、確か、初代の死神代行だったな。瀞霊廷を裏切った狂犬だと聞いているが、まあ、その前例のおかげで黒崎《くろさき》一護という英雄を得たのだ。浮竹からしても、安い買い物だったろうよ。だが、何故そんな男の事を聞く？」

「なに、ちょっとした確認だよ。……それと、浮竹の覚悟は、キミが思うような安いものじゃないさ」

時灘はそれを聞くと再度肩を竦め、もう話はないとばかりに京楽へと背を向けた。

「この世に価値の高いものなどないさ。特に尸魂界《ソウル・ソサエティ》は、何もかもが偽物《にせもの》だからな」

更に数歩足を進めた所で、もう一度止まって隊首室の隅《すみ》に視線を送る。

「ああ、言っておくが、流石《さすが》にキミの母親の処刑には私は関わっていないよ、伊勢《いせ》七緒」

「────」

部屋の隅、何も無いようにしか見えない空間の奥から、息を呑《の》む気配があった。

「そこまで何もかも私が黒幕なわけじゃない。そもそも、私に当時権力があったなら……簡単には処刑しない。それこそ、朽木ルキアのように焦《じ》らしに焦らしてから、双殛《そうきょく》の丘で派手に殺してやるさ。京楽を真央刑庭《しんおうけいてい》の最前列に呼びつけてな」

何もない空間に対して凶悪な笑みを浮かべ、時灘は更に言葉を付け加えた。

「朽木ルキアの時のように、京楽は処刑台を壊してまで君の母を助けようとするかな？　黒崎一護のように瀞霊廷を敵に回してまで救おうとするかな？　恐らくはしないだろう。京楽は君の母を見捨てるよ。見捨てるんだ。他ならぬ君を護《まも》る為にな、伊勢七緒！」

「独《ひと》り言《ごと》はそこまでにしておいてくださいませんか、綱彌代家当主、時灘様」

いつもの飄々《ひょうひょう》とした感じの冗談に聞こえたが、目の前にいる時灘は、その心のこもっていない敬語の裏に、凍《こお》り付《つ》いた水面《みなも》の下のような冷たい霊圧《れいあつ》を感じ取った。

時灘はその気配を察してスウ、と目を細めた後、自《みずか》らの腰に差した斬魄刀に手をかけながら言葉を続ける。

「……おお、怖《こわ》い怖い。水底《みなぞこ》に引き込まれて喉《のど》を割《さ》かれるのは御免なのでね。今日はこれで失礼させて貰うとしよう」

時灘が供回りの者達を連れて隊舎を去ったのを確認した後、京楽は隊首室の隅まで歩み、その空間を軽く手で払った。

すると、その空間が布のように歪み、捲《めく》れた風景の裏側から顔を青くした七緒が現れる。

カタカタと震えながら冷や汗を流している七緒の肩を腕に抱き、安心させるような暖かみのある霊圧で包み込んだ。

「大丈夫かい、七緒ちゃん」

「は、はい……申し訳ありません、隊長」

「まったく、ボクにも気付かれないように聞き耳を立てるなんて、どんどん成長するねえ君。リサちゃんの影響かい？」

かつての副隊長であり、現在は八番隊の隊長候補と目されている矢胴丸《やどうまる》リサの名前を出したのは、彼女に知り合いの顔を思い出させて安堵させる為だったのかもしれない。

伊勢七緒は京楽のそんな気遣《きづか》いを感じ取り、気力を取り戻して呼吸を落ち着かせた。

「怖かったでしょ？　彼、あんな感じな上に気味悪い霊圧してるからねえ」

「……以前、山本《やまもと》前総隊長の霊圧を浴びた時も動けませんでしたが……あの男の場合は、それとは全く異質でした」

山本元柳斎《げんりゅうさい》の怒気《どき》を前にした時の自分が蛇《へび》に睨《にら》まれた蛙《かえる》ならば、今の自分はナメクジに這《は》い溶《と》かされる蛇のようなものだと自己分析する。

自分と母を、京楽を貶《おとし》める為の材料にされた事に対する腹立たしさよりも先に、底知れぬ不気味さが七緒の心を蝕《むしば》んでいた。

その得体《えたい》の知れ無さだけでなく、京楽でさえ気付かなかった自分の隠術《いんじゅつ》を見破った力に怖《おそ》れを抱《いだ》きながら、七緒は僅《わず》かに震えが残る声で口を開く。

「隊長……私は、あの男が四大貴族の筆頭になる事には……反対です」

彼女が私情で人事に対してものを言うなどいつ以来だろうかと考えつつ、京楽は静かに天を仰《あお》ぐ。

「それに関しちゃ、全く同意だよ」

次《つ》いで、彼の依頼である夜一への連絡についても考え、独《ひと》りごちる。

「面倒な事になったねぇ……どうも」

五章

尸魂界《ソウル・ソサエティ》　貴族街

「……何度来ても、貴族街を歩くのは慣れねえなあ」

六番区の東にある、貴族達の邸宅《ていたく》や高級料亭、貴族専用の関連施設《しせつ》が並ぶ貴族街。

その中心部にある、平民《へいみん》は貴族からの招待か正式な許可が無ければ立ち入る事もできない中央区画に向かいながら、檜佐木《ひさぎ》は小さく溜息《ためいき》を吐《つ》く。

そんな檜佐木に、花太郎《はなたろう》が問いかけた。

「何度か来た事はあるんですね」

「大前田《おおまえだ》の奴《やつ》に飯《めし》とか誘われて、阿散井《あばらい》とかと一緒にな。俺の給料じゃ一人でここの料亭街に来るなんて無理だ」

「ふ、副隊長の給料でも無理って……そんなに凄《すご》いんですか……」

「ああ……いや、俺は給料の大半を現世《げんせ》からガソリンだのギターだのの取り寄せるのに使っちまうからよ……。ちょっと金がな……」

気まずそうに答える檜佐木。

彼はバイクやギター、それに付随《ふずい》するアンプや発電機、それらを動かす燃料などを全《すべ》て現世から霊子化《れいしか》させて取り寄せており、その際に浦原《うらはら》商店に霊子化処理代としてかなりの額を支払っていた。

結果として、副隊長という立場にも拘《かか》わらず、給料が殆《ほとん》ど浦原商店へのローンで消えてしまうという状態だったが、未《いま》だにバイクとギターの趣味を止《や》めるつもりはないらしい。

「同じ副隊長だってのに、大前田は自前の宝石鉱山とか持ってるって話だしよ。まったく、金ってのは金のある奴の所に集まるってのは本当だな」

そんな話をしながら歩いていた二人だが、不意に檜佐木は足を止め、遠くに見える一際《ひときわ》絢爛《けんらん》な建造物に目を向けた。

「どうしました、檜佐木さん？」

「いや……あれが、綱彌代《つなやしろ》の屋敷かって思ってな……」

視線の先にあるのは、周囲の建物より頭一つ高い屋根が長く広がる豪奢《ごうしゃ》な屋敷。

尸魂界《ソウル・ソサエティ》は一部の施設を除いて高い建物を造《つく》る傾向は少なく、現世のビル街というよりも、日本で言う平安《へいあん》時代の都を思わせる街造《まちづく》りとなっている。

それは貴族街でも同じ事なのだが、そんな他の貴族達の屋敷を見下ろすかのような形の屋敷構えは、まるで地区の管理者である六番隊と朽木《くちき》家を差し置いて、この界隈《かいわい》の統治者《とうちしゃ》である事を主張しているかのようにも見えた。

「ああ、あれって、四大貴族の筆頭の家らしいですね。朽木家とは丁度《ちょうど》正反対の場所に立ってるんですよね」

「……そうか」

いずれ『取材』として赴《おもむ》く事になるかもしれないと思いつつ、自分のような部外者を入れる筈《はず》もないだろうとも同時に考える。

少なくとも綱彌代の屋敷からは、大前田家のように気軽に招待してくれるという雰囲気は微塵《みじん》も感じられず、厳格という言葉を形にしたような朽木家を更《さら》に入りづらくしたような空気を醸《かも》し出《だ》していた。

しばらく屋敷を睨《にら》みながら歩き続けていた檜佐木だが、花太郎が何かに気付いたように声をあげる。

「あ、見えて来ましたよ。あれが真央施薬院《しんおうせやくいん》です。僕も来たのは兄さんの就任《しゅうにん》祝いの時以来ですけど……」

「……一番隊の隊舎《たいしゃ》より豪華な造りしてねえか？　これ……」

そんな感想を抱《いだ》く一方で、檜佐木は別の印象も抱く。

「なんていうか……ちょっと雰囲気が似てるな。外見は全然違うんだが……」

「え……？　な、何にですか？」

真剣な表情をする檜佐木に気圧《けお》されたのか、冷や汗を掻《か》きながら花太郎が尋《たず》ねた。

すると檜佐木は、自分でも納得がいっていないのか、やや自信が無さそうに口を開く。

「……十二番隊の、技術開発局にだよ」

≡

十二番隊　技術開発局

『瀞霊廷《せいれいてい》の中で最も重要な施設を上げよ』

そう問われた時、貴族や平民の多くは中央四十六室《ちゅうおうしじゅうろくしつ》に纏《まつ》わる場所や官庁街の施設の名を上げるが、現役の死神達の多くは、次の三つの内のいずれかを口にする。

一つは、護廷十三隊《ごていじゅうさんたい》の総本部でもあり、その地下にある真央地下大監獄最下層『無間《むけん》』を塞《ふさ》ぐ砦《とりで》でもある護廷十三隊一番隊舎。

次は、怪我《けが》をした者の多くが運ばれる事になる四番隊の救護詰所《きゅうごつめしょ》。これまでは軽《かろ》んじられる事の多かった救護専門の四番隊だが、多くの死神達が滅却師《クインシー》達との戦いを経《へ》て命を拾った今、もはや彼らを軽く見る者は殆ど存在していなかった。

そして最後に、十二番隊が取り仕切る技術開発局である。

現在瀞霊廷内において扱《あつか》われる高度な霊子技術の九割がこの技術開発局から生まれていると言われており、創設者である浦原喜助《きすけ》や二代目の局長である涅《くろつち》マユリは、もはや尸魂界《ソウル・ソサエティ》の歴史そのものと切り離せぬ存在であると言われていた。

しかし、当然ながら局長だけが働いているわけではない。

数多《あまた》の研究員達が時には局長の指示で、時には死神達からの依頼で、時には自分達の趣味の為に辣腕《らつわん》を振るい続ける文明発展の最前線、尸魂界《ソウル・ソサエティ》の様々な無理難題を迅速《じんそく》に解決する希望の砦、それが技術開発局という場所だった。


今日もそんな彼らの元に、新《あら》たなる無理難題が立ち塞がる。

「むー！　おなかすいたぁー！　すいたすいたすいたー！　ニコルン、おやつー！　おやつわけてー！　カステラたべたいー！　ザラメたっぷりついてるやつー！」

技術開発局の床で子供のように手足をばたつかせるのは、自称『九番隊のスーパー副隊長』である久南白《クナましろ》だ。

そんな彼女を、眼鏡《めがね》をかけた女性の技術者――久南ニコがまさしく子供を戒《いまし》めるように語りかける。

「おやつなら昨日《きのう》食べたでしょ、白お姉ちゃん」

「やだやだやだー！　まいにちたべるー！　おとしだまもまいとしもらうー！」

「駄目《だめ》だよう、お姉ちゃん！　お年玉も今年あげたから来年はあげません！」

メッ、と叱《しか》るニコと、手足をばたつかせるどころか床で回転まで始めて駄々《だだ》をこね続ける白を見て、額《ひたい》に角《つの》のようなものを生《は》やした男――技術開発局の副局長である阿近《アコン》が呆《あき》れたように独《ひと》り言《ごと》を呟《つぶや》いた。

「いや……お年玉は毎年でもいいだろ」

「っていうか、妹があの年の姉貴にお年玉渡してんのか……？」

隣にいた大鯰《おおなまず》と寺の鐘《かね》を融合《ゆうごう》させたような外見の男――鵯州《ヒヨス》もそう呟いた後、呆れたように溜息を吐きながら言葉を続ける。

「草鹿《くさじし》の嬢ちゃんが来なくなったと思ったら、代わりが来るようになったな……」

それを聞いて、手近な観測機器への打鍵《だけん》を続けながら、技術開発局員の壺府《つぼくら》リンが大きな溜息と共に呻《うめ》いた。

「呪《のろ》われてんすかね、ここ……」

彼はそう言いつつ、一見何も無い空間に手を伸ばす。

そして、小さく開いた空間上の穴から、こっそりと菓子を取り出した。

「とうとう疑似亜空間《ぎじあくうかん》に菓子をしまうようになりやがったか……」

「何だかんだで技術開発局《こ》の一員だな、こいつも」

鵯州の言葉に感慨深《かんがいぶか》げな言葉を返す阿近だったが、未だに床で暴れ続ける白を見て、思い出したように口を開く。

「そういや、九番隊の本物の副隊長の方から、また隊長に取材申請《しんせい》が来てたな。速攻で却《きやっ》下《か》されてたけどよ」

「なんなら、副隊長のあんたが代わりに答えてやっちゃどうだ？」

「そうは言うがな、俺に答えられる事なんざ……」

「あれ？　なんか変な反応があります！」

阿近の言葉を遮《さえぎ》る形で、リンがモニター上の異常を指摘する。

その反応を前に、身を乗り出した阿近は暫《しば》し観察を続け、僅《わず》かに眉《まゆ》を顰《ひそ》めながらリンに言った。

「……ああ、そりゃ無視していいやつだ」

「そうなんですか？　でも、何か妙な霊子《れいし》で、門も使わないで貴族街の中に直接出現してますけど……」

「いいんだ。その霊子パターンは。四大貴族から直々《じきじき》に『干渉不要』とかいう通達が来たやつだ。だから警報も鳴らねえ。……もちろん隊長は承服しちゃいねえだろうから、独自に監視はつけてるだろうがな」

淡々《たんたん》と答えながらも、阿近は霊子パターンの数値を見ながら眉を顰めた。

「数時間前に貴族街で観測された時と比《くら》べて、だいぶ霊圧《れいあつ》が下がってやがるな……何があったんだ？」

≡

真央施薬院　待合室

「……すげえな。調度品から何から、貴族の屋敷そのものじゃねえか……。本当に病人の待合室なのかここ？」

檜佐木と花太郎は、現在施薬院の待合室で待機していた。

どうやら山田清之介《やまだせいのすけ》は今席を外《はず》しているようだが、少ししたら戻ってくるとの事で待機する事となった。今日は一般診察は休みの日らしく、急患以外は受け付けない形となっているようだが、受付で花太郎が名乗ると丁寧《ていねい》な対応でここに案内され現在に至る。

正式な来賓室《らいひんしつ》もあるとの事だったが、大貴族達が使うような部屋に連れ込まれても気後《きおく》れすると思ったので、檜佐木の方から待合室にしてもらった。

「た、多分、これでも最低限なんだと思いますよ。兄さん、無駄《むだ》にモノを飾ったりするのは嫌いでしたから、貴族の人達からの要望だと思います」

「自分達が診察を待つ部屋も豪華じゃなきゃ気にくわないってわけか。大変だな、貴族の見栄《みえ》ってやつも」

「朽木隊長はあまり飾らないですけどね」

「そうは言うけどよ、朽木隊長が首に巻いてる布あるだろ？　あれ一つで豪邸が十軒ぐらい建つらしいぜ」

檜佐木の言葉に、花太郎が半開きの目のまま驚きの声をあげる。

「じゅ、十軒⁉」

「俺も最初は知らなかったんだが、老舗《しにせ》の名店特集の取材した時にたまたま耳にしてな……。あの髪飾りなんかも一つでバイク何台分なんだか……ん？」

自分と貴族の金回りの差に溜息を吐いていた檜佐木だったが、ふと顔を上げ、待合室に隣接している施薬院の中庭の方に目を向けた。

「？　どうしました、檜佐木さん」

首を傾《かし》げる花太郎に、檜佐木が目を細めながら答える。

「いや……なんか、妙な霊圧が……」

そう言って中庭を睨《ね》め付《つ》けていると——不意にその空間が獣《けもの》の顎《あご》のように開かれる。

「なッ……」

死神達の使う門ではない。虚《ホロウ》達の使う黒腔《ガルガンタ》のような亀《き》裂《れつ》が空間に生じ、その中から一つの影が現れたではないか。

——虚《ホロウ》の襲撃!?

——遮魂膜《しゃこんまく》の中だぞ!?

驚きつつも立ち上がるが、自分の腰に現在斬魄刀《ざんぱくとう》が差されていない事に気付く。

戦時特例が発動していない現在は副隊長といえども帯刀禁止の場所がいくつか存在しており、施薬院内部はその一つだ。

受付に走って預けた斬魄刀を取りに行かねばと考えた檜佐木だが、現れた影の正体を見て、その足が止まる。

それは、全身に怪我を負っていると思《おぼ》しき、死覇装《しはくしょう》に似た装束《しょうぞく》を纏《まと》った少年だった。

「虚《ホロウ》じゃねえ……死神か⁉　すげえ怪我だ！」

「た、大変です！　すぐに治療しないと……！」

花太郎が駆け出し、中履《なかば》き草履《ぞうり》のまま中庭へと下り立った。

そこに居たのは、少年とも少女ともつかない中性的な若者であり――彼は肩口を大きく斬《き》り裂《さ》かれており、腹部にも数箇所《すうかしょ》穴を穿《うが》たれ、片腕が歪《いびつ》な方向に捻折《ねじお》れている。

満身創痍《そうい》というよりも、立って歩いていなければ死体だと間違えてもおかしくない状況の若者を見て、花太郎は即座にその傷口に手を翳《かざ》し、回復鬼道《かいふくきどう》――回道《かいどう》を発動させた。

「……うう」

若者はその場で両膝《りょうひざ》を落とし、顔を苦しそうに歪《ゆが》ませる。

「大丈夫です、すぐに傷を塞ぎますから！　僕の声が聞こえますか！」

普段の気弱な花太郎とは別人のように、力強く若者を励《はげ》まそうとする花太郎の声が中庭に響《ひび》き渡《わた》った。

だが――その若者は、悲しそうに首を振りながら、目に涙をにじませて口を開く。

「駄目《だめ》です、自分はもう生きてはいけません……」

「そんな事は――」

「自分は、自分は時灘様の命令をこなす事ができませんでした……もう、もう自分には生きている価値などありません、ここで死なせて下さい……！」

「錯乱してる……大丈夫です！　気をしっかり持ってください！」

花太郎は必死にそう言いながら回道を続けるが、その背後で、檜佐木は体を強《こわ》ばらせた。

――今……なんて……？

……『時灘様《ときなだ》』、って言ったのか？

若者の口にした名に戸惑《とまど》う檜佐木の前で、花太郎が別の理由で焦《あせ》りを見せる。

――これは……霊圧が継続的に変質してる⁉

――僕の回道だけじゃ、傷が塞がりきらない……！

このままでは危険だと判断し、花太郎は檜佐木に対して叫ぶ。

「檜佐木さん！　施薬院の人をすぐに呼んできて下さい！　急患用の施術室《せじゅつしつ》に運びます！」

「お、おう！」

花太郎の声で我に返った檜佐木は、そのまま踵《きびす》を返したのだが――

振り返った所に、一人の男が立っていた。

「……!? あんた、ここの関係者か!? 怪我人が……」

檜佐木が言うよりも先に、その男は平然と血だらけの若者に歩み寄り、花太郎の横に並んでその傷口に手を添《そ》えた。

「なるほど、回道の効率は良くなったな。だけど、この患者は少しばかり特殊でね。お前じゃまだ治《なお》しきれない」

「えッ」

驚いて横に現れた人物を見た花太郎は、目を丸くして声をあげる。

「せ、清之介兄さん！」

「何!?」

続いて、檜佐木も驚きに目を見開いた。

鋭い目つきと泰然自若《たいぜんじじゃく》とした物腰の男は、花太郎と全《まった》くイメージが繋《つな》がらない。

男――清之介は二人の驚愕《きょうがく》をものともせず、己《おのれ》の回道の霊圧の質を巧《たく》みに変化させながら治療を続けて行く。

すると、傷は見る見るうちに塞がり始め、出血が目に見えて止まっていく。

檜佐木はその様子《ようす》を見て息を呑《の》んだ。

治療され慣れている檜佐木からしたら、彼の回道のレベルが通常の四番隊員達と比《くら》べてケタ違いだと理解できる。

――花太郎どころじゃねえ……こいつ……下手《へた》したら卯ノ花《うのはな》さんより……？

流石《さすが》に井上織姫《いのうえおりひめ》の『事象の拒絶』には及《およ》ばぬものの、その尋常《じんじょう》ならざる回道の腕を目《ま》の当《あ》たりにして、檜佐木はこれが真央施薬院のトップの力かと驚愕した。

だが、当の治療されている若者だけは、その回道を受けながらも顔色を良くしない。

「……ああ、山田さん。自分はもう駄目です。治さないで下さい……！」

「嫌《いや》だね。僕は死にたがってる患者を無理矢理生かすのが趣味でね。簡単には死なせないから、今の内に覚悟をしておくといい。生きて恥を晒《さら》す覚悟をね」

「時灘様に顔向けできません！　……このままここで腐《くさ》らせて下さい……！」

「駄目だよ、そもそも君は綱彌代時灘の所有物だろう？　勝手に死んだりしたら、それこそ綱彌代時灘は君の事を許さないんじゃないかな？」

「ッ！」

クツクツと笑う清之介の言葉に、目を見開き呻く若者。

檜佐木と花太郎がそのやり取りに呆然《ぼうぜん》としていると、傷の塞がった若者が立ち上がり、ゆっくりと歩み出した。

「……ありがとうございました、山田さん。自分は時灘様にとんでもない不忠《ふちゅう》を働くところでした……」

シュンとした調子の若者を見て、檜佐木は気付く。

先刻《さつき》からこの若者が苦しんでいたのは、傷の痛み等ではなく、ただただ、時灘という男への忠義を果たせなかった苦悩だけだという事に。

――そもそも……痛みとか……感じてるのか？

奇妙な感覚を覚えた檜佐木はなんと声をかけるべきか戸惑《とまど》ったが、その間に山田清之介の方から口を開いた。

「取りあえず処置はしたが、本格的な治療をする必要があるね、来て貰《もら》って悪いんだけれど、日を改めてもらってもいいかな？　檜佐木修兵《しゅうへい》副隊長殿《どの》？」

「え……あ、ああ」

受付から自分と花太郎についての連絡は行っていたのだろう。

名指《なざ》しで言われた事で今日の取材は無理であろうと悟《さと》ったが、どうしても気になる事があり、檜佐木は強い口調で問い掛けた。

「なあ、そいつ、なんでそんな怪我を？　綱彌代時灘とはどういう関係なんだ⁉」

すると、清之介ではなく、歩き始めた若者が怪我をしているとは思えぬ笑顔で答える。

「自分ですか？　自分は時灘様の家来です！」

「……『家来』って、お前……」

戸惑う檜佐木は清之介に目を向けるが、彼は意地の悪い笑《え》みを浮かべながら口を開いた。

「悪いけど、患者の個人的な情報は医に携《たずさ》わる者として明かせないね」

「待ってくれよ、九番隊副隊長としても、聞きたい事は山程……」

黒腔《ガルガンタ》のようなものから出て来た事や、大怪我をしていた事などを含め、護廷十三隊の死神として捨て置けぬ事は多々ある。

更に言うならば、この死神は、日番谷《ひつがや》のように子供の姿をしたまま成熟しているというようにも見えず、外見相応の年齢であるようにも見受けられた。

たとえ四大貴族絡みだろうと、ここで大局を見据えて怪我をした子供を見過ごせるような男ならば、檜佐木は現在副隊長という地位にはついていなかった事だろう。

だが、引き留めようと清之介の肩に手を伸ばした瞬間――

檜佐木の世界が半回転し、気付けば尸魂界《ソウル・ソサエティ》の空を目にしていた。

「………⁉」

自分がどうやら、横から手を掴《つか》んできた若者に優しく投げ落とされたのだという事に気付き、檜佐木は双眸《そうぼう》を見開いた。

そんな檜佐木に、頭上から若者の声が響き渡った。

「あ、ご、ごめんなさい！　山田さんが危ないと思ってつい……」

「………」

「でも、これで自分には……産絹彦禰《うぶぎぬひこね》には、時灘様の為に戦える力があると解《わか》って頂けたなら嬉しいです！　はい！」

　空気が読めているのか読めていないのか解らない事を口走る若者だが、檜佐木の思考は深い混乱に囚《とら》われる。

　──おい、待てよ……。

　──俺は今……何をされた？

　不意打ちとはいえ、死神の中でもかなりの場数を踏んできた自負はあった。

　だが、今の彦禰と名乗った死神からは、今まで戦った虚《ホロウ》とも死神とも滅却師《クインシー》とも違う霊子の流れが感じられる。

　──今まで戦ってきたどんな奴らとも違う……。いや……。

　──この感覚は……綾瀬川《あやせがわ》の奴のあの斬魄刀に霊力を吸われた時と少し似てるな……。

　ただ一度投げられただけだが、一切の苦痛を感じる事のないその攻撃を受けた檜佐木は、身体中の霊力、あるいは筋力や精神力といったありとあらゆる『力』の全てを霧散させられたような感覚に陥《おちい》った。

呆然《ぼうぜん》として天を見つめる檜佐木。

そんな彼を見て、山田清之介が笑顔のまま首を振った。

「ここはもう貴族の領域だ。戦時特例でも無い限り、護廷十三隊の理屈は通じないよ。普通なら良識として褒《ほ》められる常識だろうと、通らないと思った方がいい」

すると、清之介はそこで花太郎に向き直る。

「改めて言っておくよ、花太郎。しばらく休隊する事だ」

清之介は自嘲《じちょう》気味な笑みと共に、肩を竦《すく》めて言葉を続けた。

「こういう事に、これ以上巻き込まれたくなかったらね」

そのまま去ろうとする二人の背に、檜佐木が起き上がりながら問い掛ける。

「おい……事情は全く解らねえが……。時灘ってのは、そんな怪我してまで仕《つか》える価値がある奴なのか？」

すると、若者はこちらを振り返り——死にかけていたとは思えぬ満面の笑みで答えた。

「はい！　時灘様は素晴らしい方です！　自分程度の命など、比べる価値もありません！」

「………」

どう返して良いか解らぬ檜佐木に、若者は更に続けた。

「それに……時灘様は、こんな自分を王様にして下さると言いました！　その御礼は一生かけて返さないといけませんから！」

「王様……？」

訝《いぶか》しむ檜佐木と花太郎の顔を見て、清之介が苦笑しながら若者に言った。

「それ、人に喋《しゃべ》ってもいいって綱彌代時灘に言われたのかい？」

すると、若者は小動物のように小首を傾《かし》げた後、みるみるその顔を青くする。

「……？　……。……！　あ、あああ！　今のはなんでもありません！　忘れて下さい！

親切な……ええと……すいません、お名前は……」

「お、おう。檜佐木修兵だ。こっちが山田、山田花太郎」

「そうですか！　親切な檜佐木さんに花太郎さん！　どうか自分の事は忘れて下さい！

でも、自分は御恩を忘れません！　いつか王様になったら、ちゃんと恩返ししますから！」

苦笑を続ける清之介が若者を連れて施術室へと去った後、檜佐木は今の出来事が夢だったのでないかと疑うが、中庭に染《し》みた若者の血が今のが現実だと示していた。

「わけがわかんねえな……。何がどうなってやがる……？」

一方で、花太郎が呆然としながら独《ひと》りごちる。

「兄さんの応急処置も凄《すご》いけど……、あんな傷の状態からすぐに自力で歩くなんて……」

何かを考え込む檜佐木の横で、花太郎は過去に治療した面々を思い出し、思わずその名前を口にした。

「まるで、更木《ざらき》隊長や一護《いちご》さんみたいだ……」

≡

緊急処置室の中で、医療用の寝台に寝かされる彦禰の身体。内部の神経はズタズタになっており、先刻まで笑顔で話していたのが幻であるかのように思えるほどのものだった。

清之介は飄々とした調子で治療を施《ほどこ》しつつ、無意識の彦禰を前に独り言を呟く。

「やれやれ、虚《ホロウ》に大分手ひどくやられたようだが、これも計算の内というやつかな。……ま、どちらにせよ死なせはしないさ」

本心を隠すように、清之介は常人離れした回道を展開しながら微笑んだ。

「たとえ、この子の人生に、何一つ希望がないとしてもね」

≡

「……随分《ずいぶん》、派手にやられましたのね」

ハリベルを追う形で、遅れて現場にやってきた破面《アランカル》──『3獣神《トレス・ベスティア》』の一人であるシィアン・スンスンが、砂漠の惨状《さんじょう》を見て口を開いた。

周囲には数万に届こうかという髑髏兵《どくろへい》の体が無残に横たわっており、それを生み出したと思しきルドボーンもその身を大きく切り裂かれ、瀕死の状態となっていた。

「……血管と神経は全て繋げました。あとは霊圧が回復するまで安静にしていて下さい」

3獣神《トレス・ベスティア》と同じように遅れてやってきた治癒師《ちゆし》の破面《アランカル》──ロカ・パラミアの治療を受けながら、ルドボーンがか細い声で呻き声を上げる。

「承知致《いた》しました……。しかし、無念極《きわ》まりない……。ハリベル様達のお手を煩《わずら》わせたばかりか、斯様《かよう》な醜態《しゅうたい》を晒す事になろうとは……」

そんなルドボーンや、同様に怪我をして治療を受けているロリやメノリ、あるいは戦いに巻き込まれた近隣の巨獣型の虚《ホロウ》達が倒《たお》れ臥《ふ》す大地を見て、3獣神《トレス・ベスティア》の一人であるエミルー・アパッチが声をあげた。

「はッ、情けねぇなあルドボーン。滅却師《クインシー》の残党にもやられて、乱入してきた変な死神のガキにもボコボコにされたんだってな？」

「ふん……否定しようもありませんな」

苦しげなルドボーンの声を聞いて、やはり３獣神《トレス・ベスティア》の一人であるフランチェスカ・ミラ・ローズが口を開く。

「まあ、結局ハリベル様が追い払ったんだろ？　ったく、死神どもめ、虚圏《ウエコムンド》を観光地か何かと思って舐《な》めてやがんのかねぇ」

すると、ハリベルはどこか物憂《ものう》げな目をして首を振った。

「私一人の力ではない。グリムジョーやネリエル……そして、あの滅却師《クインシー》達の助力がなければ、下手《へた》すればこちらが全滅する可能性もあった。……逃げられたのは、僥倖《ぎょうこう》だったかもしれないな」

「はぁ⁉　何言ってんだよハリベル様！　死神っても、たった一人だろ⁉　あの炎を使う糞爺《くそじじい》みたいな化物でも来たってのかよ⁉」

驚きながら問うアパッチに、ハリベルは首を振った。

「膂力《りよりよく》と霊圧は、確かに死神の隊長並だった。身体的な能力だけならば、私が戦った氷使いに匹敵していたかもしれない」

「では、隊長格の死神をわざわざ虚圏《ウエコムンド》に送り込んできたと？」

スンスンの問いに、ハリベルは否定の言葉を口にする。

「いや、それにしては経験が浅すぎる。だからこそ我々もその隙《すき》をつく事ができた。だが……奴の持っていた斬魄刀がどうにも気になってな……」

「どのような斬魄刀だったんですの？」

ハリベルは暫《しば》し考え込み——斬魄刀の形状や性質よりも先に、一つの事実を先に述べた。

「黒腔《ガルガンタ》を開いたのはあの死神じゃない……斬魄刀の方だ」


部下達と話すハリベルから少し離れた場所で、ネリエルが死神の消えた虚空《こくう》を見つめるグリムジョーに問い掛けた。

「貴方《あなた》は、ロカちゃんに治癒して貰わなくていいの？」

「あぁ？　こんなもんかすり傷だろ」

左腕に深手を負ったグリムジョーは、舌打ちしながら先刻の戦いについて振り返る。

「俺も腕が鈍《にぶ》ったもんだ、帰刃状態《レスレクシオン》で仕留《しと》め損《そこ》ねるたぁな」

「ええ、まさか斬魄刀があの子の危機を察して勝手に動くとはね。黒腔《ガルガンタ》を開いてあの子を落としたのがハッキリと見えたわ」

「腑《ふ》に落ちねえな。死神の斬魄刀が勝手に動いて、よりによって黒腔《ガルガンタ》を使うたぁ」

ネリエルもその答えは持たないようで、考え込んだ後に言った。

「次にここに来る時は、今回みたいにはいかないかもね」

「ああ、戦いながら強くなっていきやがる。俺は別にそれで構わねえが、手前《てめえ》らとしちゃ、息の根を止められなかったのは失敗だったな」

鼻で笑った後、グリムジョーは笑顔を消し、真剣な表情で自らの好敵手の顔を思い浮かべ、噛《か》み合《あ》わせた奥歯を軋《きし》ませる。

「こんなこた言いたかねぇが……ありゃ、黒崎《くろさき》と同じタイプだ。命を拾《ひろ》う度《たび》に、生まれ変わったみてえに強くなりやがる」

「まあ……それ以外の部分は似ても似つかねえ感じだったがな」

≡

現世某所《ぼうしょ》

とある小国にある石造《いしづく》りの遺跡。

なんらかの神殿を思わせるその朽《く》ちかけた遺跡の中に、二人の滅却師《クインシー》と一体の屍《しかばね》が身を潜《ひそ》めていた。

「結局逃げるなら、最初っから逃げた方が楽だったんじゃないのー？　ねえリル、なんでどさくさに紛《まぎ》れてあの死神にわざわざ攻撃したのー？」

こちらをからかうようなジジの言葉に、相変《あいか》わらずのポーカーフェイスでリルが答える。

「確かめときたい事があってな。お前も気付いちゃいただろ？」

「うん、ボクもあいつにちょっと返り血を浴びせたんだけど、ゾンビにできなかったんだよねぇー？　どうなってるのかな？　隊長格並に強いって事？」

「それだけじゃねえ」

リルはそう言うと、隙をついて死神に矢を撃ち放ち、その矢が弾《はじ》かれた時の光景を思い出した。

「あいつ……破面《アランカル》の鋼皮《イエロ》だけじゃねえ。滅却師《クインシー》の静血装《ブルート・ヴェーネ》を使ってやがった」

「うっそ!?　……ホントに？」

静血装《ブルート・ヴェーネ》。

血管の内部に霊子を巡《めぐ》らせる事によって、防御力を飛躍的に高める滅却師《クインシー》特有の能力であり、攻撃の為の能力を高める動血装《ブルート・アルテリエ》と並んで『見えざる帝国《ヴァンデンライヒ》』に所属する兵士達の基礎となっている力だ。

「なんで死神が使えるの？　ずるくない？　あの眩《まぶ》しい変態の仕業《しわざ》？」

「かもな。色々と体を弄《いじ》ったのかもしれねえ。問題は、何が目的かだ」

「虚《ホロウ》の王様になるとか言ってたけど。藍染《あいぜん》って奴みたいに反乱が目的だったりー？」

疲れたように目を閉じるバンビエッタの頭を撫《な》でながら、適当な答えを言うジジ。

だが、リルはその答えを受け止め、相変わらずのすまし顔で物騒な言葉を吐き出した。

「死神どもが内輪《うちわ》揉《も》めして殺し合ってくれんなら、そりゃ願ったり叶《かな》ったりだぜ」

「向こうが荒れてる間に、キャンディとミニーを回収できりゃいいんだが」

接続章

数日後　流魂街《ルコンがい》

その日——銀城空吾《ぎんじょうくうご》が流魂街をぶらついていると、妙な人だかりが目に留《と》まった。

「……ん？　なんだ？」

そこでは、数人の男達が騒いでおり、何かを必死に訴《うった》えているかのようだった。

「おい、何があったんだ？」

たまに顔を合わせる流魂街の住民に問い掛けると、相手も良く解《わか》らないといった調子で首を傾《かし》げていた。

「いやあ、最近流魂街に来た死にたての連中が騒いでやがるのさ。神様の言う通りだっただの、すぐに新しい世界が始まるだの」

「なんだ、宗教家か」

流魂街に来たばかりの住人が起こすトラブルの一つに、現世《げんせ》で信じていた宗教観と実際の死後の世界との違いから起こる混乱というものがある。

中には『自分は天国に行く筈《はず》なのだ、こんな貧乏臭《びんぼうくさ》い場所、悪魔が生み出したまやかしの世界に違いない』と言って暴れるカルト宗教の者もいたりする為《ため》、そういうものを宥《なだ》め賺《すか》すのも先住民達の役割の一つであると言えた。

「いや、それがなあ、いつもと違うんだよ。なんでも、『教祖様の言った通りの世界だ』って言って、流魂街とか瀞霊廷《せいれいてい》の事もきちんと把握《はあく》してやがるんだ。それでいて、『新しい王と世界が訪れる』なんてわけわかんねえこと騒いでるからよ」

「……ほう？　そいつは興味深いな」

現世に派遣《はけん》された死神が、たまたま霊感のある宗教家に何かを漏《も》らしてそれが教義として広まったのだろうか？

そんな推測をしつつ、銀城は暇《ひま》つぶしにその集団に近づいて行く。

すると、集団の一人がこちらの服装に目を留めて声をあげた。

「ああッ！　お、おい、そこの兄ちゃん！　あんたその服装からして、最近こっちに来た奴《やつ》だろ⁉　だったら、兄ちゃんもうちの宗教の事を知ってるんじゃないか⁉」

「……悪《わり》ぃが、宗教の勧誘に興味はなくてな」

かつて死神代行だった自分が言えた台詞《せりふ》ではないと思いつつ、銀城は相手の話を聞く事にしたのだが――

次の瞬間、銀城の心を揺さぶる単語が男の口から飛び出してきた。

「テレビでもここ数か月CMとかやってたから、知ってるだろ、『XCUTION』だよ！　えくすきゅーしょん！」

「……なんだと？」

その固有名詞を聞いて、露骨《ろこつ》に眉《まゆ》を顰《ひそ》める銀城。

——どういう事だ？

XCUTION《エクスキューション》。

かつて銀城が現世で組織した、完現術者《フルブリンガー》の組織名である。

たまたま名前が被《かぶ》っただけと考えるのは簡単だ。

しかし、それが死神達の事を色濃く知っていると思《おぼ》しき集団となると、単なる偶然とは考えにくい。

——雪緒《ゆきお》やリルカやジャッキーがそんな事を広めるとは思えねえ。

——……とはいえ、今の俺にゃ調べる事もできやしねえか……。

銀城はそう考えたが、今の自分は『やるべき事』を見失っている状態だと気付く。

そして、少しだけ生きていた頃のギラついた炎を胸に宿《やど》した。

——どうせやる事もねえんだ。

――少しばかり、探偵の真似事《まねごと》でもしてみるか。

しばし考えた後、人当たりの良い笑顔でその『XCUTION』信者達に語りかけた。

「悪いな、俺が死んだのはもっと前でよ。……だが、興味は少し湧《わ》いたぜ。少しばかり、あんたらの教祖様について話を聞かせちゃくれねえか」


銀城空吾。

彼はこの時点で、まだ気付いていなかった。

自分が既《すで》に、密《ひそ》かに渦巻《うずま》く尸 魂 界《ソウル・ソサエティ》の争乱に巻き込まれつつあったという事に。

そして、全《まった》く予想外の方面からも『完現術者《フルブリンガー》』に弓が引かれているという事にも。

≡

技術開発局

「完現術者《フルブリンガー》。死神も滅却師《クインシー》も破面《アランカル》も研究し尽《つ》くした今、彼らこそ新《あら》たな技術開拓の契機になる……私はそう確信しているヨ」

「ここは一つ、技術開発局としての基本に立ち返ろうじゃないかネ」

緊張した面持《おもも》ちの研究者達を前に、楽しそうに新たな『研究事案』を語る男が一人。

技術開発局長にして、十二番隊の隊長を兼任する男――涅《くろつち》マユリである。

「対象は、流魂街に潜伏《せんぷく》している事が確認されている『完現術者《フルブリンガー》』が三体だヨ。本来ならば被験体は一体でも構《かま》わんのだが、完現術者《フルブリンガー》は個体によって能力に大きな差異がある。それこそ我々の斬魄刀《ざんぱくとう》や、一部の滅却師《クインシー》達が使っていた聖文字《シュリフト》の力とやらのようにネ」

「隊長、その三人の内、確かに一人は罪人、残る二人も黒崎一護《くろさきいちご》や朽木《くちき》隊長達と敵対した身の上ですが、京楽《きょうらく》総隊長からは様子見《ようすみ》するようにと通達が……」

局員の一人の言葉に、マユリは肩を大きく竦《すく》めながら首を振った。

「研究対象の罪の有無《うむ》と、彼らを解析《かいせき》する事に何か関係があるのかネ？　寧《むし》ろ、尸魂界《ソウル・ソサエティ》の技術発展に素直《すなお》に身を捧《ささ》げてくれるのならば、慈愛《じあい》に満ちた私の口から中央四十六室《ちゅうおうしじゅうろくしつ》に恩赦《おんしゃ》の嘆願《たんがん》をしてやってもいいぐらいだヨ」

「一番隊や流魂街と揉《も》める事になりませんか？」

「何、別に取って殺そうというわけではない。少しばかり解体と解析、それに付随《ふずい》する星の数程度の実験について協力をお願いしようというだけなのだからネ。死神に対して罪悪感を覚えるだけの脳味噌《のうみそ》があるなら、進んでその身を我々に提供する事だろう。無論、実験が終われば体は万全の状態に改造《なお》す事も約束しようじゃないか」

不穏《ふおん》な文字にふりがなを振りつつ言うマユリを見て、鶍州《ヒヨス》がこっそりと隣の阿近《アコン》に問い掛けた。

「どうしたんだ？　ここ最近の局長よぉ、研究に対して今まで以上にアグレッシブじゃねえか？」

人を攫《さら》ってきて解剖《かいぼう》しようという案を『アグレッシブ』の一言で済《す》ませた鶍州に対し、阿近はいつも通りの淡々《たんたん》とした調子で言葉を返す。

「……ネムが隣にいないからな。隊長は隊長なりに一時的な喪失感《そうしつかん》を埋めようとしてるんだろうよ」

「それに巻き込まれた完現術者《フルブリンガー》とやらにゃ、同情するしかねえな……」

鶍州の言葉に頷《うなず》きつつも、阿近は一つ気になる事があって涅マユリに問い掛けた。

「つっても隊長、連中は下手《へた》な隊長格ぐらいの力があるって聞いてますけど、隊長以外じゃ多分捕《と》らえられませんよ？　隊長がやるんすか？」

「まったく、科学者たる者が野蛮《やばん》な意見を言うものじゃあないヨ、阿近。それではまるで、最初から荒事《あらごと》になるのが前提のようじゃあないかネ？」

明らかに荒事になるような計画を口にした男が、首を振りながら言葉を返す。

「もっとも、実験とは不確定要素の塊《かたまり》だ。万事に備《そな》え、それなりの『装備』は用意したつもりだヨ」

マユリがどこからか取り出したボタンを押すと、技術開発局の壁の一部が開かれ、そこから何かがせり上がってくる。

それは無数に並んだ円柱状の水槽であり、透明度の高い朱色の液体に満ちていた。一柱につき一つの人影が水溶液の中に浮かんでおり、その人影の正体を見て、極《ごく》一部の研究員達が眉を顰める。

大半の研究員が冷静だったのは、過去に同じような事を『破面《アランカル》の死体』で行っていた事を知っているからだ。


水槽内に浮かぶ無数の人影を背にしながら、涅マユリはいつもと変わらぬ歪《ゆが》んだ笑《え》みを浮かべながら口を開いた。

「良い機会だヨ。最初の実験として、じっくりと考査するとしようじゃないかネ」

「——完現術者《フルブリンガー》に対する、滅却師の有用性について」

貴族街　綱彌代《つなやしろ》家

≡

「おや……すまないが退《ど》いてくれないか？　これから、重要な会議があるのでね」

とある会合へと出立する準備をしていた時灘《ときなだ》は、自《みずか》らの部屋の周囲に不穏な空気が流れているのを感じ取った。

時灘の声を聞いて『不意打ちは無理』と判断したのだろうか。襖《ふすま》などが音も無く開き、刃《やいば》を携《たずさ》えた無数の影が邸内《ていない》に現れる。

明らかに先日の暗殺者達と同じ系統と思《おぼ》しき男達を見て、時灘は小さく首を振った。

「ふむ……席官《せきかん》程度の実力者が八人……と言った所か」

相手の霊圧《れいあつ》を読み取りながら、時灘は静かに溜息《ためいき》を吐《つ》く。

「やれやれ、彦禰《ひこね》の治療中を狙《ねら》ってくるとは。間《ま》の悪い事だ」

言いながら、時灘は自らの腰に差した刀に手を掛けた。

時灘は既《すで》に護廷十三隊《ごていじゅうさんたい》の死神ではなく、本来の斬魄刀《ざんぱくとう》も没収されている。

だが、伊勢《いせ》家の八鏡剣《はっきょうけん》と同じように、綱彌代家に代々伝わる刀があり、当主としてそれを密《ひそ》かに受《う》け継《つ》いでいた。

正確には——今回当主になる前から、密かにその斬魄刀を盗み出していたのだが。

「そして……随分《ずいぶん》と、私を軽く見てくれたものだ」

刀を抜かせまいと躍《おど》り掛《か》かってきた暗殺者達を軽々と白打《はくだ》でいなしながら、時灘はその斬魄刀の名を呼んだ。

自らの『敵』である京楽春水《しゅんすい》の持つ斬魄刀と、良く似た響きを持つその名前を。

「——奉《たてまつ》れ、『九天鏡谷《くてんきょうこく》』——」

三

瀞霊廷　大路《おおじ》

十二番隊でそんな動きがあるとも知らず、檜佐木《ひさぎ》修兵《しゅうへい》は、新たな取材先への準備を終え、その足で瀞霊廷の大路を歩いていた。

山田《やまだ》清之介《せいのすけ》の次の休みはもう少し先との事で、檜佐木は貴族街への取材を一旦後に回す事にしたのである。

施薬院での騒動の後、産絹《うぶぎぬ》彦禰と名乗った子供について独自に調べようとしたが、結果として何も解らなかった。京楽にも尋《たず》ねたが、彼も時灘の私兵についてまでは完全に把握していないようで、有益な情報は得られなかった。

——あいつに投げられた時、敵意も邪気も感じられなかった。

——優しいとか甘いとかじゃねえ。あれは多分……まだ善悪が良く解ってねえ面だ。

檜佐木は大怪我を負いながらも無邪気に笑う彦禰の顔を思い出し、改めて時灘がどのような人間なのかを知らなければならないと決意する。

そこで檜佐木は、以前から京楽に許可を取っていた取材先に向かう事にしたのである。

あるいは、その取材先で会う予定の男ならば、綱彌代家の内情や、彦禰の奇妙な霊圧についで何か知っているのではないかと考えたのだ。

シンプルな道具袋に取材道具などを入れ、口紐《くちひも》を縛《しば》って肩に背負う檜佐木。

いつもの袖無《そでな》し服や顔面の刺青《いれずみ》と相《あい》まって、ヒッチハイクで旅をするロッカーという風《ふう》体《てい》になった檜佐木が歩いていると、途中で五番隊隊長である平子《ひらこ》真子《しんじ》と鉢合《はちあ》わせた。

「なんや修兵。どっか行くんか？」

「ええ、現世まで瀞霊廷通信の取材に行くんすよ」

檜佐木の言葉に、平子が首を傾《かし》げながら更《さら》に問う。

「あれ？　もう復刊しとったん？」

「いやー、まだ数か月先なんすけど、復刊特集が例の大戦を振り返るってやつなんすよ。その流れで、浦原《うらはら》さんの所に取材に行くんです。上手《うま》くいけば、黒崎の奴からも話が聞けるかもしれないっすからね」

「はー、喜助《きすけ》んところになぁ。そりゃ難儀やな。あいつ絶対まともに取材に答えるタイプちゃうやろ」

「えッ？　そんな……」

平子に言われて少し考えた後、檜佐木は一筋の冷や汗を頬《ほお》に垂《た》らした。

「……言われてみれば」

「なんで今まで気付かへんねん。それこそ母ちゃんの子宮ん中おる頃から解るやろ」

呆《あき》れたように言う平子だが、現世に行くという檜佐木に対して告げる。

「まあ、喜助んとこに行くなら、ひよ里《り》に会う事もあるやろ。もし会ったら、俺の分までおちょくったっといてくれや」

「それ、反撃されるの俺っすよね⁉　勘弁《かんべん》して下さいよ、戻ってきた後も貴族街とか厄介《やっかい》な所の取材が詰まってるんすから……」

「貴族街ィ？　なんやねん、まだ復興やなんや騒いでる時に大前田《おおまえだ》のブルジョア生活なんぞ特集されてもおもろないぞ？」

「どんなタイミングでも面白《おもしろ》くはならないんじゃないすかね、それ……」


そんな会話を数度交《か》わした後、檜佐木は穿界門《せんかいもん》の方に向かって去って行った。

平子はその背を見送った後、ふと、貴族街の方向に目を向けた。

「貴族街か……そういや、なんか色々焦臭《こげくさ》いとか夜一《よるいち》が言うとったな」

この大路からは貴族街の様子は窺《うかが》えないが、その周辺の空に何かが渦巻いているような錯覚を覚え、平子は溜息を吐きながら頭を掻《か》く。

「難儀な事にならなええねんけど。……ま、無理やろなあ」

≡

瀞霊廷某所《ぼうしょ》

とある施設《しせつ》の地下深くに、公式の地図などには記《しる》されていない空間がある。

そこは太古の昔より、五大貴族が瀞霊廷の方針などについて議論を重《かさ》ねる聖なる場所であり、霊王宮《れいおうきゅう》に次《つ》ぐ重要な場所の一つとされていた。

だが、別段そこに瀞霊廷の要《かなめ》となる物が置かれているというわけではない。

五大貴族の当主がその部屋に集まった瞬間だけ、その場の安否《あんぴ》がそのまま瀞霊廷の存亡に繋《つな》がると言っても良い程《ほど》の場に昇華《しょうか》するのだ。

そして現在――没落した志波《しば》家を除《のぞ》いた『四大貴族』の内、二家の当主と一家の当主代理がその会議室の中に揃《そろ》っている。

五角形の議卓の一辺に綱彌代時灘が座り、彼から離れる位置の二辺にそれぞれ朽木《くちき》白哉《びゃくや》と、四楓院《しほういん》家の当主代理として夜一が座っている。

四大貴族の残る一家はこの場に姿を現してはいない。

これは、『万が一の事を考え、五大貴族の当主は同一の場に全員集まってはならない』という過去の中央四十六室が定《さだ》めた掟《おきて》があるからだ。

敵の襲撃や災害などで五大貴族の当主達を一度に失うわけにはいかないという考えから造《つく》られた掟であり、千年前の滅却師《クインシー》の襲撃に端を発しているとも言われている。

五大貴族が四大貴族になった現在でもその掟は続いており、こうして三家のみが部屋に集まる形となっていた。

「やれやれ、ここに入るのは初めてじゃな。しばらく使われた形跡もないようじゃが、掃除だけは行き届いておるのう」

楽な格好で座っている夜一とは対照的に、美しい姿勢で椅子に座る白哉が静かな、それでいて凛《りん》とした声を室内に響《ひび》かせる。

「先々代の就任《しゅうにん》時期に、一度だけ使われた事があると聞いている。恐らくはそれが最後だろう。志波家の追放の際ですら、ここが使われる事は無かった」

「ああ、だからこそ、敢《あ》えてこの場を用意したのさ。古き時代の風習を受《う》け継《つ》ぐのも、我ら貴族の仕事の一つだと思ってね」

飄々《ひょうひょう》とした調子で言う時灘に対し、鼻をスンと鳴らしながら夜一が言った。

「それにしても、随分と血の臭《にお》いを漂わせておるのう。ここに来るまでに子でも獲《と》って喰《く》ろうたか？」

無傷のまま色濃い鉄錆《てつさび》の臭いを纏《まと》う時灘。

彼は穏《おだ》やかな笑顔のまま、返り血を浴びた事を否定せずに答えた。

「なに、不逞《ふてい》の輩《やから》に囲《かこ》まれてね。少しばかり血を避け損ねただけの事さ」

既にお互いの紹介は済ませているが、夜一と白哉はまだこの時灘という人物の腹を探りきれていない状態だ。最悪、このような場に呼び寄せて暗殺などを仕掛けてくる事も考えていたが、今の所そのような空気は感じられない。

——とはいえ、本家の人間を暗殺した疑いのある男じゃからな。油断《ゆだん》はできん。

夜一は小さく笑い、目の前にいる綱彌代家の新当主を観察する。

先代は貴族の悪い所を煮詰《につ》めたような傲慢《ごうまん》な男だったが、この時灘という男は表面上は貴族らしからぬ空気も感じさせていた。

しかし、それ以上に、貴族や平民《へいみん》といった枠《わく》を超えた嫌《いや》な気配が夜一の全身に警鐘《けいしょう》を鳴らしている。

すると、そんな視線を感じたのか、時灘は穏やかな笑《え》みを浮かべて口を開いた。

「そういえば、四楓院家の元当主殿にお会いするのはこれが初めてだったね。なるほど、四楓院の姫と呼ばれるだけの事はある。愛嬌《あいきょう》と凛々《りり》しさを併《あわ》せ持《も》つ麗《うるわ》しいお人だ」

「見《み》え透《す》いた世辞は不要じゃ。どうせ心の中では貴族らしからぬジャジャ馬とでも思っておるのじゃろう？」

「自覚があるのなら、元当主として軽挙は控《ひか》えるべきであろう」

淡々とした調子で口を挟《はさ》む白哉の言葉を聞き流しつつ、夜一は目を細めて綱彌代家の当主に問い掛ける。

「それで？　わざわざ儂《わし》と白哉を呼び出したのは何故《なにゆえ》じゃ？　現当主の夕四郎《ゆうしろう》ではなく、儂を指名したという事は……単に顔見せの為に集めたというわけではなかろう？」

「ああ、もちろんだとも。私は尸魂界《ソウル・ソサエティ》の未来を憂慮《ゆうりよ》していてね。何しろ、滅却師《クインシー》如《ごと》きに攻め込まれ、霊王宮への侵入までをも許すという失態を犯《おか》したのだからな」

「耳が痛い話じゃな」

「なに、単なる協力者である君は元より、護廷十三隊にも非があるとは考えていないさ。責められるべきは寧《むし》ろ、殻《から》に閉じこもっていた事で、流れる世界の変革を摑《つか》めなかった霊《れい》王《おう》様と零番隊《ゼロばんたい》にこそある。そうは思わないか？　霊王様がもっと上手《うま》く立ち回っていれば、護廷十三隊の被害も減らせたのではないかとね」

周囲に他の者がいないとはいえ、堂々と霊王を批判するかの如き物言いをする時灘。

感情は表に出さないが、それを窘《たしな》めるように白哉が淡々と言葉を紡《つむ》ぐ。

「そこまでにしておく事だ。霊王を徒《いたずら》に否定する兄《けい》の物言いは、四大貴族の当主としては相応《ふさわ》しくあるまい」

すると、時灘はクックッと笑いながら、白哉を挑発するような言葉を吐き出した。

「貴族に相応しい立ち居振る舞いか。確かにな。逆賊《ぎやくぞく》の情報に踊らされ、自らの妹の処刑を進めようとした貴殿《きでん》のような振る舞いは私にはとても真似《まね》できない」

「…………」

沈黙する白哉に、更に時灘は言葉を続けた。

「君の妻……緋真《ひさな》というのも愚《おろ》かな事をしたものだ。貴族などを信じて自らの妹の命運を預けた結果があの始末なのだからな。それとも、貴族としての暖衣《だんい》飽食《ほうしょく》に塗《まみ》れた結果、世を見渡す目すら曇《くも》らせたか？」

「時灘、お主《ぬし》……」

表情を消して何か言いかける夜一を、白哉が手で制した。

「私がルキアを処断しようとした事は事実だ。如何《いか》なる誹《そし》りを受けようと構わぬ」

「……ほう？」

「だが、緋真には欠片《かけら》たりとも非はない。全《すべ》ての責《せき》は、私にある」

白哉は無表情のままだったが、その奥にある情動の流れを感じ取り、時灘は静かに肩を竦めた。

「……そう怖《こわ》い顔をしないでくれ。喧嘩《けんか》をしに来たわけじゃあないんだ」

あからさまに喧嘩を売った男は、いけしゃあしゃあと言い放った後に頭を下げる。

「挑発した事は詫《わ》びよう。君が感情と政《まつりごと》を切り分けられる男で安心したよ」

「とっとと本題に入れ。儂の方が先にお主を殴り飛ばしかねんぞ？」

飄々と言う夜一に対し、時灘は苦笑した後、真剣な顔をしてその議題を切り出した。

「五大貴族の復活……つまりは志波家の再興を提案しようと思う」


その言葉に、白哉は無表情のままで、夜一は僅《わず》かに片眉を上げる。

志波家はかつて五大貴族の一角だったが、その末裔《まつえい》であり十番隊の隊長を勤め上げていた男――志波一心《いっしん》が現世に出奔《しゅっぽん》した事により、その責を負う形で貴族の位を剝奪《はくだつ》された。

分家である一心の家は取り潰し、元から流魂街に居を構えていた本家の志波空鶴《くうかく》達も、その時点でもはや形だけとなっていた五大貴族の地位すら完全に抹消され、瀞霊廷への出入りを正式に禁じられる結果となる。

もっとも、空鶴の場合は後に瀞霊廷の西にある白道門《はくとうもん》の番人、兕《じ》丹坊《だんぼう》を従えて無理矢理廷内に入り込む事となるのだが。

話の続きを待つ二人に、時灘は続けた。

「確かに、志波一心の行った事は尸魂界《ソウル・ソサエティ》への裏切りとも言える行為だ。しかしその結果として、一心の息子……分家筋とはいえ、志波家の末裔である黒崎一護が滅却師《クインシー》どもの王を討《う》ち取《と》ったのだ。汚名《おめい》を濯《すす》ぐには充分な功績だとは思わないか？」

思ったよりも真っ当な意見が来た為に、夜一は逆に時灘が何を考えているのかと訝《いぶか》しむ。

一方の白哉はやはり表情を崩さず、淡々と自分の考えを口にした。

「黒崎一護の功績については同意するが、黒崎一護は貴族の地位など受け取るまい」

「その通りじゃな。あやつに対して地位だの名誉だのと言ったものは恩賞にはならん。寧ろ邪魔《じやま》に思われるのが関の山じゃ。志波家全体の為といえば受けるかもしれんが、空鶴も岩鷲《ガンジユ》も今更貴族に戻ろうとは思うておるまいよ」

白哉と夜一の言葉を聞き、時灘は静かに頷いた後、薄く微笑《ほほえ》みながら言葉を返す。

「なるほど、確かに、黒崎一護とはそのような男なのだろうな。ならば、彼の二人の妹達を名目上の当主とするのはどうかな？　実務を伴《ともな》う必要はない。形だけで良いのだから」

「一護の家族の事まで調べておったとはな。……しかし、話が見えん。何故そこまで志波家の復活に拘《こだわ》る？」

表情に警戒の色を含ませた夜一の問いに、時灘は正直に答えた。

「ああ、公正さを重んじる為だ。無理矢理私が綱彌代家の強権で事を成《な》しても構わないのだが、それでは尸魂界《ソウル・ソサエティ》の民《たみ》に禍根《かこん》を残す。私の独裁ではないかとな。だからこそ、公正な手続きをもって瀞霊廷を動かしたのだと世に知らしめたい」

「…………？」

「五家が揃い、霊王の正式な許諾《きょだく》を得た場合に限り——五大貴族は霊王宮と同格の立場を持ち、中央四十六室を超える瀞霊廷の意思決定機関となる。あるいは、それを防ぐ為に当時の四十六室は志波家の取りつぶしを決定したのかもしれないな」

クツクツと笑いながら、時灘は更に言葉を続ける。

「そもそも、疑問に思った事はないか？　何故、五大貴族の中で志波家が元より冷遇されていたのかを。建前上は志波家秘伝の砲台を置くために流魂街に居を構えたとされている。だが、五大貴族の地位を剝奪される前から、志波家は下級貴族の貧民連中以下の扱いを受けていた。志波家も何故それを良しとしていたのか、気にならないか？」

「さてな、志波家の家屋は質だけ見れば並の貴族に劣らぬ故《ゆえ》、それで充分だと感じておっただけじゃろう。しかし、貴族すら貧民呼ばわりするお主の傲慢さには恐れ入るのう」

確かに気になる内容ではあったが、夜一はその話題に今は深く踏み込まぬように答えた。

ここで時灘のペースに巻き込まれるのは、真実から逆に遠ざかると判断する。

そして、白哉も同じ考えなのか、淡々とした調子で時灘に言った。

「他家の内情に踏み入るつもりはない。……そもそも、件《くだん》の条規は把握しているが、霊王からの許諾が下ったという前例は一度もない筈だ」

白哉の指摘に対し、時灘はニイ、と口元を歪ませる。

「だろうな。霊王様は霊王宮の住人に大まかな意思の流れを伝える事はできても、何かを許諾するなどという行為はなさらないだろう。いや、できない、と言うべきか」

「やはり話が見えんのう。何を企《たくら》んでおる？　時灘よ」

「だが、その時代も終わりだ。いずれ霊王様の許諾を受け、瀞霊廷が……我々五大貴族が、いいいいいいいいい三界を別々に統治する時代が来る。それだけの話だ」

その言葉に、夜一も、そして白哉も僅かに眉を顰めた。

三界《さんかい》。

それは恐らく、尸魂界《ソウル・ソサエティ》と現世――そして、虚圏《ウエコムンド》か地獄のどちらかを指すのだろう。

唐突《とうとつ》に荒唐無稽《こうとうむけい》な話を持ち出した時灘に、夜一が問う。

「……その話の子細《しさい》を聞く前に尋ねよう。霊王様が許諾をせぬと言ったのはお主《ぬし》ではないか。それが何故、お主の提案に限り許されると言い切れる？」

「ああ、簡単な話だ。次の霊王様は、自由意思をお持ちになられるからだいいいいいいいいい」

「……………？」

「………！」

訝しむ白哉とは対照的に、夜一はハッと目を見開き、即座にその目を細めて時灘を睨《ね》め付《つ》けた。

「……！　なるほどのう。それで、夕四郎ではなく儂というわけか……」

その視線を受けながら、時灘は下卑《げび》た表情を顔面に貼《は》り付《つ》け、笑う、笑う、笑う。

「お前は見ていただろう？　四楓院夜一。黒崎一護によって斬《き》られた霊王が……斬られる、、、、、、、、、、、、、、、前からどのような状態だったのかを。だが、『あれ』が何だったのか……そうだ、霊王が、、、、、、、、、、、、、、、そもそも如何なる存在であるのかという事を、お前達はまだ知らぬと見える」

「浦原喜助は、それを知っている筈だがな」

≡

尸魂界《ソウル・ソサエティ》　穿界門前

四大貴族の間でそんな議題が上がっている事を知らず、檜佐木修兵は現世への一歩を踏

「浦原さんか……単車やガソリンのやり取りで話しちゃいるが、正式にインタビューすんのは初めてだからな……」

み出そうと、己《おのれ》を鼓舞《こぶ》する為に己の決意を口にした。

「まあ、やってやるさ。それぐらいできなきゃ、瀞霊廷通信の編集長は名乗れねえからな」

——見ていて下さい。東仙《とうせん》隊長。

——俺は俺のやり方で、尸魂界《ソウル・ソサエティ》の皆の道を照らしてみせます。

——隊長が、かつて俺にそうしてくれたように。

空座町《からくらちょう》へと向かう地獄蝶《じごくちょう》を操《あやつ》りながら、檜佐木は覚悟を決めて穿界門へと歩を進める。

それによって、自分が争乱のより深い位置へと身を投じた事に気付かぬまま。

複数の運命が、偶然と必然を取り巻きながら檜佐木修兵にまとわりつく。

その争乱の中心にあるものが、尸魂界《ソウル・ソサエティ》の根幹に繫がるものである事を知らぬまま
——檜佐木はただ、己の道を歩み続ける。

恐怖に怯《おび》え、逃げる事しかできなかった過去の自分を照らしてくれた東仙要《かなめ》。

彼の歩んだ道ではなく、彼が自分に示した道が正しいものであると信じて。

檜佐木修兵は予言者でも全知全能でもなく、当然ながら己の未来を知る術《すべ》など持たない。

彼は黒崎一護のように数奇な運命を切《き》り拓《ひら》いてきたわけではなく、
更木《ざらき》剣八《けんぱち》のような力の奔流《ほんりゅう》を身に宿さず、

浦原喜助のような千思万考《せんしばんこう》の備えを持たず、
涅マユリのように呪いの如《ごと》き探究心を魂魄《こんぱく》に刻む事もなく、
朽木白哉のように連綿と続く重責と向き合う心得《こころえ》を知らず、
日《ひ》番谷《つがや》冬獅《とうし》郎《ろう》のような無類の霊力を操る才覚もなく、
山本元柳斎《やまもとげんりゅうさい》のような心根を張り巡らせるには時が足りず、
京楽春水のような全てをいなす風を纏《まと》わず、
狛村左《こまむらさ》陣《じん》のような世の理《ことわり》すら塗り替える激情もなく、
六車拳西《むぐるまけんせい》のように我が道を貫き通せるほど拳が硬いわけでもない。
後に、争乱の全てを知った死神の一人が口にした。
そんな彼だからこそ、檜佐木修兵という死神だからこそ、世界そのものに臨《のぞ》む資格があったのかもしれないと。
東仙要という男を追い続けながら異《こと》なる道を歩む彼だからこそ、その結末に辿《たど》り着《つ》く事ができたのかもしれないと。
そして、檜佐木修兵はまだ知らない。
今後も知る事はないのかもしれない。

自らの歩むべき道を示した東仙要という男が、いつから己の道を踏み外していたのか。
あるいは――最後まで己の道を踏み外していなかったのかという事を。

三

数百年前　尸魂界《ソウル・ソサエティ》

中央四十六室への面会を求めていた、盲目《もうもく》と思しき流魂街の青年。

彼を件《くだん》の『妻を斬り殺した貴族』が連れて行ってから数分後、その貴族はほがらかな笑顔と共に、こちらへと声をかけてきた。

「やあ、君達。仕事だぞ？　流魂街の住民が私に手を上げようとした。早々《そうそう》に叩《たた》き出《だ》してくれないか？」

「は、はいッ！」

正直わけが解らなかったが、門番を務《つと》める男達に、その指示を断《ことわ》る理由はなかった。

門番達は貴族の言葉に不気味なものを感じるものの、素直《すなお》にその指示に従う事にする。

何か裏があろうと、自分達には関係の無い事であり、貴族に逆らうよりも、目の前の流魂街の住人を打ちのめす方が遥《はる》かに有用だと理解していたからだ。

貴族は何か盲目の男に対して言葉を続けているが、その意味を理解する必要はない。

分家の末席とは言え、五大貴族の揉《も》め事《ごと》に絡《から》んではろくな事はないと彼らは考えた。

喉《のど》を潰《つぶ》された盲目の流魂街民が、何かを叫ぼうとしながら貴族を睨みつけている。

流魂街の貧民の分際《ぶんざい》で、なんと反抗的な態度なのか。

門番達は二度とこの貧民が官庁街に足を踏み入れぬよう、徹底的に打ちすえる事にした。

盲目の青年が絶望する表情に嗜虐心《しぎゃくしん》を刺激され、門番達は知らず知らずの内に自らも貴族と同じような笑みを浮かべる。

この身の程知らずの若者に、自分達は教育を施《ほどこ》すのだとばかりに。

そして、深い絶望と怒《いか》りに包まれた盲目の男の頭上に、再び六尺棒を振り上げ――

此度《こたび》は、誰もそれを止める者はいなかった。

六尺棒の打撃音が響き続ける中、盲目の青年――東仙要は、呆然《ぼうぜん》とその音を聞き続ける。

――なんだ？

――この門番達は……何をしている？

絶望と怒りに包まれ、熱く煮えたぎっていた魂《たましい》が、困惑《こんわく》によって僅かずつ鎮《しず》まり始めた。

盲目である彼の目には映らないが、音と空気の流れだけで何が起こっているのかを感じる事はできる。

門番の一人は嗜虐的な笑みを浮かべながら、東仙の目の前で六尺棒を振るい続けていた。

隣に立っていた、相方《あいかた》であるもう一人の門番に対して。

「き、貴様、何を……ぶびゅッ」

殴《なぐ》られた側の門番が呻《うめ》き声《ごえ》を上げるが、その言葉が顔面への打撃で遮《さえぎ》られる。

「口答えをするな！　この薄汚い平民が！」

自分を見逃《みのが》してくれたのだろうかという考えは、打ちすえる側の男の鼓動《こどう》や下卑た息づかいなどからすぐに否定される。

この門番は、隣にいた相方ではなく、本気で自分の事を打ちすえているつもりらしい。

意識を失った相方を通りの外まで引《ひ》き摺《ず》っていく門番。

そのようにして遠ざかる門番達の音を聞き続け、混乱さめやらぬ東仙の背後から――不意に、知らぬ男の声が響いた。

「彼らの水筒の水を酒にすり替えておいた。今の行動は、職務中の飲酒による喧嘩という形で収まるだろうね。あの貴族は怪しむだろうが、せいぜい疑心暗鬼にさせておけばいい」

穏《おだ》やかな声。

しかし、先刻の貴族――時灘とは違い、その奥にある力の塊《かたまり》のようなものを隠さぬ、聞いただけで圧力を感じさせる声だった。

「誰だ……お前も……お前も死神か……！」

東仙は困惑しつつも再び心の中に憎しみを灯《とも》し、目の前の男の喉笛《のどぶえ》を食《く》い千切《ちぎ》らんという殺気を籠《こ》めながら問い掛ける。

すると、男は隠し立てする事もなく、堂々と答えた。

「ああ。その通りだ。君が今しがた絶望し、厭悪《えんお》の炎で燃《も》やし尽《つ》くそうとしている下らない世界の一欠片《ひとかけら》だよ」

新たに現れた死神は、東仙に対して一つの提案を持ちかける。

「その胸に満ちた憎しみを、暫し僕……私に預けるつもりはないか？」

訝しむ東仙だが、目の前の男の声からは、既にこちらの心臓を掌握《しょうあく》しているかのような自信と――根源的な支配者と話していると錯覚する、圧倒的な『力』が感じられた。

男は穏やかな口調のまま東仙に手を差し伸べ——自ら名を口にする。

東仙要という男に一つの『道』を示し、後に世界を敵に回して天を目指す男の名を。

「私の名は、藍染惣右介《あいぜんそうすけ》。今はまだ……ただの矮小《わいしょう》な死神だ」


（Ⅱに続く）

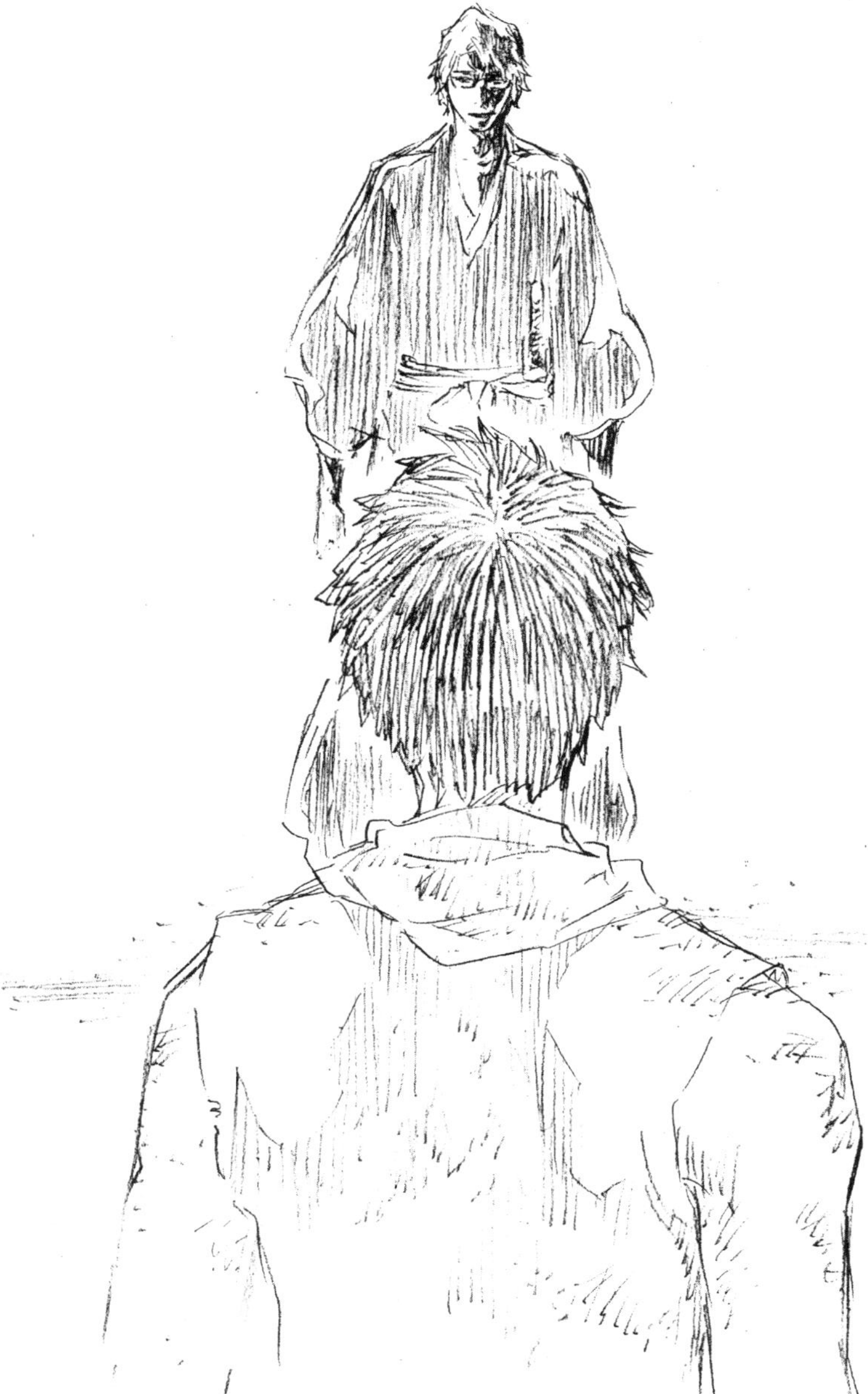

■初出
BLEACH　Can't Fear Your Own World Ⅰ　書き下ろし

[BLEACH] Can't Fear Your Own World Ⅰ

2017年 8月 9日　第1刷発行
2023年 6月 30日　第10刷発行

著　者／久保帯人 ◉ 成田良悟

編　集／株式会社　集英社インターナショナル
〒101-8050　東京都千代田区一ツ橋 2-5-10
TEL　03-5211-2632(代)

装　丁／石野竜生 [Freiheit]

担当編集／六郷祐介

編集人／千葉佳余

発行者／瓶子吉久

発行所／株式会社　集英社
〒101-8050　東京都千代田区一ツ橋 2-5-10
TEL　03-3230-6297(編集部)
03-3230-6080(読者係)
03-3230-6393(販売部・書店専用)

印刷所／図書印刷株式会社

Printed in Japan　ISBN978-4-08-703424-0　C0093

検印廃止

真の〝悪〟が姿を現す!!

瀞霊廷通信《せいれいていつうしん》編集長としての責務を果たすため
取材を進める檜佐木修兵《ひさぎしゅうへい》。
しかし、綱彌代時灘《つなやしろときなだ》の策謀の糸は彼をも絡め取ろうとしていた。
新興宗教団体『XCUTION《エクスキューション》』の思惑、
破面《アランカル》と滅却師《クインシー》の不穏な動向、『霊王《れいおう》』の真実……。
内外の脅威に、護廷《ごてい》十三隊《たい》は、
そして檜佐木修兵は立ち向かうことができるのか……!?

BLEACH
Can't Fear Your Own World
III
久保帯人　成田良悟

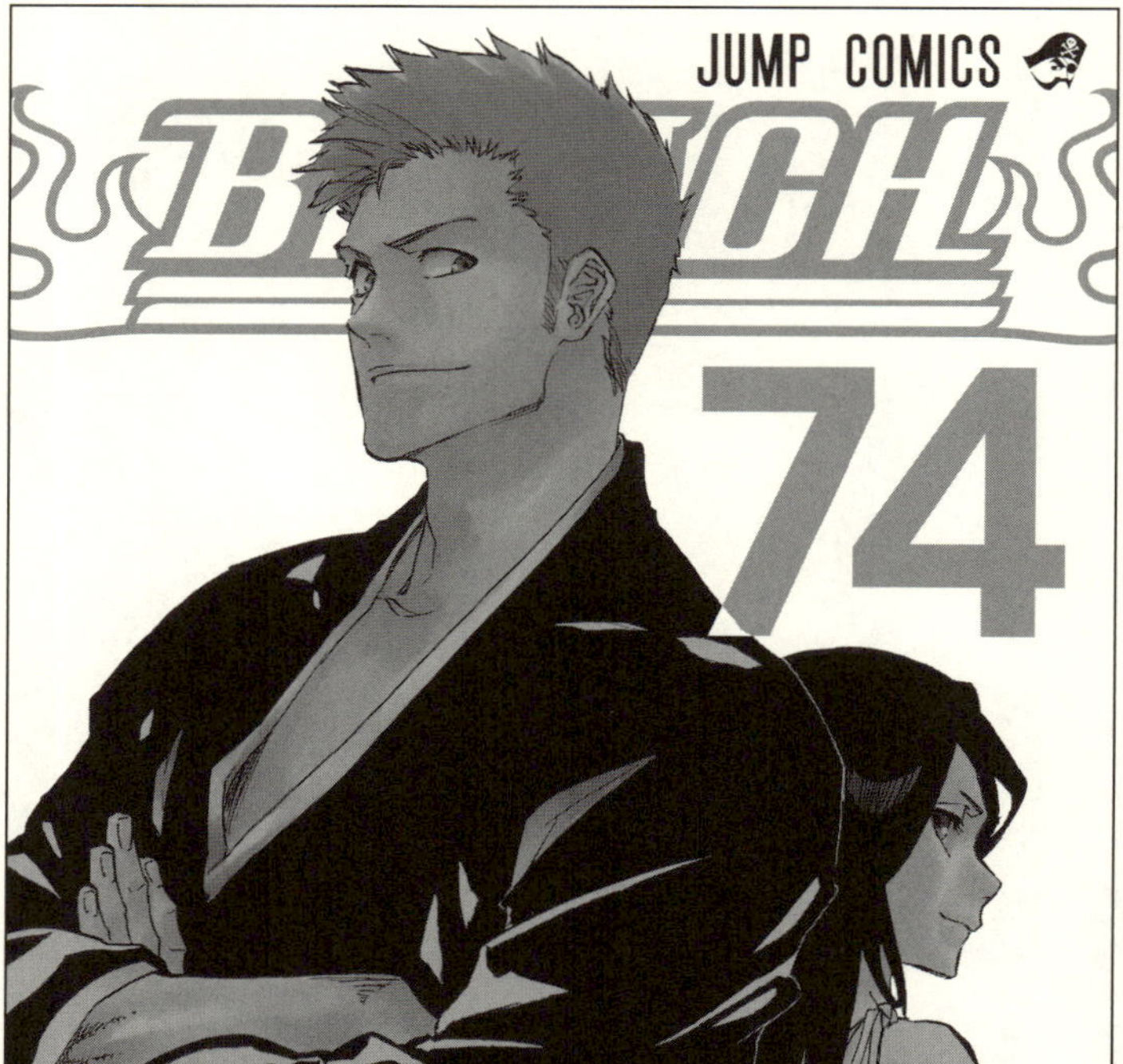
JUMP COMICS
74
THE DEATH AND THE STRAWBERRY
kubotite

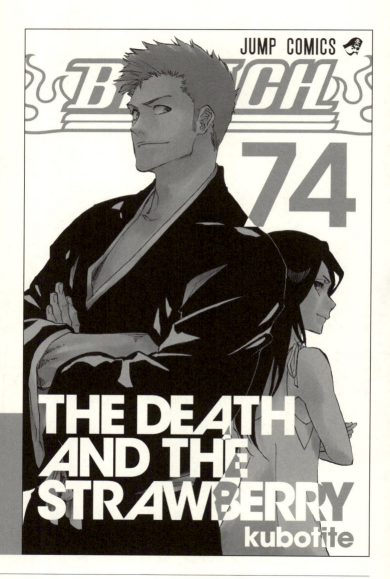

WE DO knot ALWAYS LOVE YOU

BLEACH

kubotite　matsubara makoto

小説… JUMP j BOOKS

BLEACH

BLEACH
Spirits Are Forever With You
I/II

久保帯人　成田良悟

小説… JUMP j BOOKS
BLEACH
ブリーチ
II
Spirits Are Forever With You
kubotite
naritaryohgo

JUMP j BOOKS
SHUEISHA